Pierre
et
Luce

ピエールとリュス

ロマン・ロラン

三木原 浩史 訳

鳥影社

ピエールとリュス　目次

第一部

ピエールとリュス

ロマン・ロラン
三木原　浩史訳

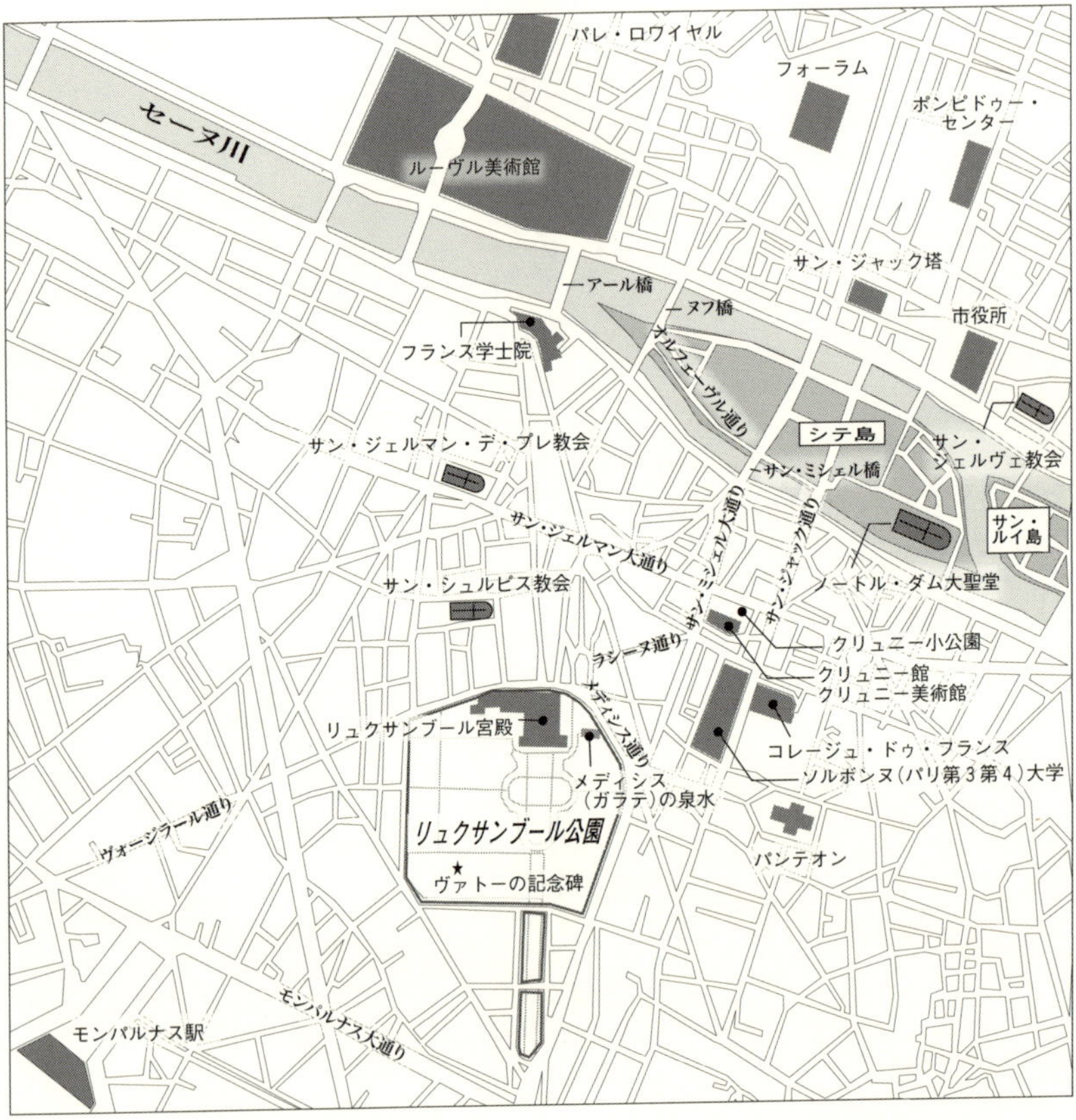

現代のパリ市地図に見る『ピエールとリュス』の舞台

〔Michelin(ミシュラン)の Plan de Paris(パリ市地図)を元に作製〕

愛の神《アモル》に

愛の神《アモル》は平和の神
（プロペルティウス(注1)）

《物語の期間》

一九一八年一月三十日水曜日の夕方から三月二十九日聖金曜日まで

第一部　ピエールとリュス

ピエールは、吸いこまれるように、地下鉄に乗りこんだ。荒々しく、気の高ぶった乗客。入り口近くに立ったまま、すし詰めの乗客にはさまれ、吐息でむんむんする空気を吸いながら、ピエールは、ごうごうと響く地下鉄の真っ暗な円天井を、見るともなしに眺めていた。その円天井に、瞳のようなヘッド・ライトの光が、滑るように走っていった。ピエールの心のなかにも、これと同じ暗闇と微《かす》かな光とがあり、激しく、こきざみに揺れていた。オーヴァーコートの襟をたて、息をつめ、両脇を閉め、唇をきっと結び、額にうっすら汗を浮かべ、時折ドアが開いて、車外から吹き込む風にぞくっとしながら、ピエールは、見るまい、息をするまい、考えるまい、生きるまいと努めていた。まだ子供と言ってもいいような十八歳のこの青年の心は、漠然とした絶望感で占められていた。頭上には、この円天井の暗闇の上には、群がりうごめく虫ケラ同然の人間を詰めこんだ金属製の怪物が走り抜けていくこのネズミ穴の上には、——パリが、雪が、一月の冷たい夜の闇が、生と死の悪夢が、——戦争があった。

戦争。戦争が腰をすえてから、四年たっていた。戦争は、ピエールの青春に重くのしかかっていた。青年が官能の目覚めに不安をおぼえながら、生きたいと願ったわけでもないのに、自分を捉えてはなさない人生の野獣のような盲目的で破壊的な力をみいだしてぞっとする、あの精神の危機のさなかに、戦争が不意にピエールを襲った。そしてその青年が、ピエールのように、生まれつき繊細で、やさしい心とひ弱な体の持ち主のばあい、生まれてくる子を食べてしまう分娩中のメスブタのような、多産で貪欲な自然の、こうした粗暴さ、汚らわしさ、愚かさにたいして、他人には打ち明けられないような嫌悪や恐怖をおぼえるものだ。十六歳から十八歳くらいの青年なら誰しも、多少はハムレットの魂を持っている。そんな青年に、戦争を理解しろと要求してはならない！（あなたがた、思慮深い大人にならそれもいいだろうが！）　人生を理解し、人生を大目に見ることは、相当な努力のいることだ。ふつう、青年は、大人への脱皮に慣れるまで、さなぎが幼虫から成虫への苦しい過程を終えてしまうまでは、夢と芸術のなかに潜んでいるものだ。生命《いのち》が成熟していくあの混沌とした四月の日々に、青年は、どれほど平和と内省を必要としていることだろう！　なのに、隠れ家の奥まで探しにこられ、真新しい皮膚に包まれ、まだほやほやなのに、暗がりから引きずりだされ、じかに外気のなかに、非情な人類のなかに投げこまれ、すぐさま、わけも分からずに、人類の狂気と憎悪に与《くみ》し、わけも分からずにその償いをするはめになる。ピエールは、同じ年度の十八歳の青年たちと一緒に、召集されていた。六カ月後には、祖国が、ピエールの肉体を必要としていた。戦争が、ピエールの肉体を要求していた。六カ月間の猶予。六カ月！　せめて、今からその時まで、考えないでいられるものなら！　この地下鉄のトンネルのなかにじっとしていられるなら！　残酷な日光を二度と見ないですませられるなら！……

ピエールは、走り去る列車とともに、暗闇のなかに入りこんだ。そして、目を閉じた……

ピエールがふたたび目を開けると、――知らない乗客ふたりをはさんで、数歩はなれたところに、少女がいた。今、乗ってきたばかりだった。最初、ピエールには、帽子のつばで影になった横顔しか見えなかった。ややほっそりした頰に金髪の巻き毛がかかり、感じのいい頰骨の上には明かりが射し、鼻筋とぽっちゃりした下唇とが華奢《きゃしゃ》なラインを描き、急いで走ってきたため、口を少し開けたまま息を弾ませていた。目というドアを通って、少女はピエールの心のなかに入った。すっぽり、入った。そしてドアが閉まった。外部の物音は消えた。静寂。平和。少女は、そこにいた。

少女はピエールを見ていなかった。ピエールがそこにいるということさえ、まだ知らなかった。少女は、ピエールのなかにいたというのに！　ピエールは、自分の腕のなかでじっとうずくまっている少女の姿を心に思い描き、自分の息が触れはしまいかと心配で、呼吸《いき》もしかねていた……

つぎの駅は、大混雑だった。人々は、叫び声をあげながら、すでに満員の車内に殺到した。ピエールは、その人の波に押しやられた。トンネルを突き抜けたパリの「町」のはるか上空で、にぶい爆音がする。また、電車が出た。その瞬間、気も狂わんばかりの男がひとり、両手で顔をおおい、駅の階段を降りようとして下までころげ落ちてきた。わずかなあいだだが、指のあいだから血が流れているのが見えた……　ふたたび、トンネルと暗闇……車内をつんざく恐怖の悲鳴、「ドイツの爆撃機《ゴータ》が来たんだ！……」共通の興奮が、すし詰めになった乗客たちの体をひとつに結びつけたが、ピエールの手は、自分に軽く触れていた手をしっかり握りしめていた。目をあげて見ると、それはあの「少女」だった。

少女は、手を引っこめようとはしなかった。握りしめるピエールの指に応えるように、少女の指は感動にかすかにわなないていたが、そのまま手を預けているうちに、わななきがやみ、柔らかく、熱くなった。こうしてふたりは、暗闇に守られて、おなじ巣にうずくまった二羽の小鳥のように、手を取りあったままでいた。ふたりの心臓の血が、手のひらの温《ぬく》もりを通して、ただひとつの波となって流れた。ひとことも交わさなかった。身動きひとつしなかった。ピエールの口は、少女の頰にかかった巻き毛に、耳たぶに触れんばかりだった。少女は、ピエールを見ていなかった。そこからふたつ目の駅で、少女は身をほどいた。ピエールも引き止めなかったので、少女はそのまま乗客の体のあいだをすり抜けるようにして立ち去った、振り向きもせずに。

その姿が見えなくなったとき、ピエールは、少女のあとを追おうと思った……が、遅すぎた。電車が走りだしていた。ピエールは、次の駅で降り、地上に出た。ふたたびそこに見いだしたのは、夜気と、かすかにちらつく雪片の感触と、パリの「町」だった。パリは恐怖におびえながらも、その恐怖を楽しんでいる風情で、上空には、戦う鳥どもが舞っていた。しかし、ピエールには何も見えなかった。自分のなかにいる、あの少女以外には。そして、その見知らぬ少女の手を取りながら、ピエールは帰宅した。

――＊――

ピエール・オービエは、クリュニー小公園に近い両親の家に住んでいた。父親は司法官だった。六歳年上の兄は、戦争が始まるとすぐ、志願して入隊していた。フランスの典型的な中産階級に属する良家で、情愛が深く、人間味の豊かな人たちだが、ついぞ自分で考えようとしたことなどなく、それどころか、自分で考えるということがどんなことか、おそらく思ってもみなかっただろう。オービエ裁判長は、根っからの正直者で、自分の職責というものを非常に重んじていたから、自分の判決が、公正さと良心の声以外を慮《おもんぱか》って言い渡されたのではないか、などという嫌疑をかけられでもすれば、それを最大の侮辱として、憤然とはねつけたことだろう。しかし、オービエ裁判長の良心の声が、政府相手に語られた（もっと正確にいえば、ささやかれた）ことは、一度もなかった。その良心たるや、生まれながらにして官僚的だった。変わることはあっても、断じて誤りを犯さない「国家」を念頭においての良心だった。オービエ氏にとっては、既成の権力は神聖にして侵すべからずで、それは自明のことだった。揺るがぬ精神の持ち主を、過去の自由で厳正で偉大な法官たちを、オービエ氏は心から称賛していた。そしておそらく、自分はその流れを汲《く》んでいると、ひそかに信じていただろう。まったく、小ミシェル・ドゥ・ロピタル（注2）さながらに、共和国の一時代に、ただひたすら尽くしてきたのだった。——オービエ夫人はというと、夫がよき共和主義者であったと同じくらい、よきクリスチャンだった。夫が、真摯に、誠実に、権力の従順な手先となって、御上《おかみ》の認めない自由はなんであれ反対したのと同じくらい、非常に純粋な気持ちから、ヨーロッパ各国で、カトリックの神父やプロテスタントの牧師やユダヤ教の祭司やギリシャ正教の司祭たち、それに、時の新聞や体制派の人たちが、戦争のために捧げた大量殺戮の祈りに自分の祈りを添えていた。——そして、父も母も、どちらも子供たちを熱愛し、いかにもフランス人らしく、深い本質的な情愛を抱き、いかなる犠牲も厭《いと》わなかっただろうが、また一方で、世間並みであろうとし、ためらうことなく子供たちを生贄《いけにえ》に捧げてもいた。いったい誰に？　未知の神に。いつの時代にも、アブラハムはイサクを火刑台に連れていった。そして、アブラハムの名誉ある狂気は、今なお哀れな人類の模範であり続けている。(注3)

こうした家庭ではよく見かけるように、情愛は豊かだが、親密さがゼロだった。めいめいが自分の心の奥底を見ることを避けているのに、どうしてお互いに自由に思いを伝えあうことができようか？　どう感じようと、あるいくつかの教義については意見を差し控えねばならない、というのは分かっている。そして、それらの教義が一定の枠内に留まっているほど控えめな場合ですら（要するに、あの世についての教義の場合がそうだったが）、すでに気づまりなのに、俗世間の強制的な教義がやるように、人生に介入し、人生全体を支配しようとするにいたっては、何をか言わんやだ！　まあ、祖国の教義を、忘れられるものなら忘れてみることだ！　この新しい宗教は、「旧約聖書」に後戻りさせていた。国民が、――歴代国王のもとで、――自由だった時代に、例の「哲学者たち」の感興をかきたてた、告白とか、金曜日の肉抜きの食事とか、日曜日の安息とかいった、口先だけの信心や、無邪気で衛生的で滑稽な信仰の実践では満足しなかった。この新しい宗教は、すべてを欲《ほ》しがっていた。すこしでも欠けていることに、我慢ならなかった。人間全体を、つまり、その体、その血、その生命、そしてその思想を欲《ほ》しがっていた。とりわけその血を。メキシコのアステカ民族以来、神がこれほど腹いっぱい食べたことはなかった。(注4)だからといって、信者たちがそのことで苦しんでいなかったというのは、見当違いもはなはだしいだろう。信者たちは、苦しんではいたが、信じていた。ああ、かわいそうな信者たち、あなたがたにとっては、苦しみさえもが神の証《あかし》なのだ！……　オービエ夫妻も、ほかの人たち同様、苦しんでいたし、ほかの人たち同様、崇拝していた。しかし、心情と官能と良識のこうした放棄を、青年に求めることはできなかった。ピエールは、何が自分を抑圧しているのか、せめてそれぐらいは理解したいと思った。どれほど多くの質問をしたくて、うずうずしていたことか！　しかしそれを口に出しては言えなかった。なぜなら、すべての質問の初めにくるひとことが、「でも、ぼくった。——ピエールにとって、あまりに大切すぎ、あまりにやさしくて繊細すぎ、あまりに深刻すぎたのである。まして、それを口に出すなど、とんでもない冒瀆《とくしん》だった。——ピエールには、とても話せなかった。もし話せば、それを聞いた人たちは、怯《おび》えと憤慨から啞然となり、苦痛と恥辱をおぼえ、ピエールの顔をまじまじと見つめたことだろう。しかも、ピエールは、魂の表皮が柔らかすぎ、わずかに外気に当たっただけで皺《しわ》が寄り、外気の指先に一瞬触れただけで、打ち震えながら造形される可塑性《かそせい》に富む年頃だったので、自ら先取りして、自分自身を情けない、恥ずかしいと感じていた。ああ、皆、何と信じていたことか！（でも、本当に、皆、信じていたのだろうか？）いったい、皆、どんなふうに信じていたのだろう？——それを尋ねることは、はばかられた。皆が信じているなかで、たったひとり信じないでいることは、ほかの誰もが具《そな》えている器官が、たぶん余分なものであっても、自分に欠けていることを恥じて、裸体を人目に隠す人に似ている。

　弟の激しい不安を理解できるのは、兄だけだった。ピエールは、年下のものが年上のもの、兄や姉や、時には束の間の幻影として消えてしまった未知の仲間にさえしばしば抱くあの憧れの感情を（大事に隠してなかなか見せないものだが）、フィリップにたいして抱いていた、——年上の者は、年下の者の目に、自分たちができればなりたいと思っているもの、できれば愛したいと思っているものの夢をそっくり全部、つまり、もつれ合った流れに運ばれていく未来への清純にして不純な情熱を実現しているように見えるのだった。兄はこの無邪気な尊敬の念に気づき、得意になっていた。ついこのあいだまで、兄は弟の心のなかを読み取ろうとつとめ、そして、察したことを手心を加えながらやさしく弟に説明したものだった。じっさい、兄は、弟よりも逞《たくま》しかったが、弟と同じように、最良の男性のうちに見られる、いくぶんか女性的な面を備えていて、それを恥としない、繊細な性格の持ち主だった。しかし戦争がやってきて、フィリップは、研究生活から、科学の研究から、二十歳の夢から、弟との親密さから引き離された。戦争初期の熱に浮かされたような理想主義のなかに、すべてを委ねてしまった。それはまるで、自分の嘴《くちばし》と爪で、戦争を終結させ、地上に平和の支配を復興しようという、悲壮でばかげた幻想を抱いて空中に飛び立つ、気違いじみた大きな鳥のようだった。それ以来、この大きな鳥は、二、三度、巣に戻ってきた。悲しいことに、そのたびごとに、すこしずつ羽が抜けていた。多くの幻想から醒めてはいたが、あまりに屈辱的で口に出しては言えなかった。そんな幻想を信じたことが、恥ずかしかった。愚かにも、人生をあるがままに見ることができなかったのだ！　今では、人生から魅惑を剝《は》ぎ取り、そしてその幻滅の人生がどんなであれ、毅然《きぜん》として受け入れようと、躍起になっていた。兄は、自分自身を罰しただけではなかった。悪質な苦しみに駆り立てられ、弟の心のなかに見いだした幻想をも罰した。はじめて兄が帰宅したとき、ピエールは閉じこめられていた魂を燃え立たせて駆け寄ったが、すぐにも、兄の応対に、ぞっとするものを感じて怯《ひる》んだ。そこには、いつに変わらぬ情愛が見られたのは確かだが、その口調には、何かしら苦い皮肉めいたものが混じっていた。フィリップは、口をついて出かかっていたいくつもの質問は、たちまちのうちに、飲みこまされた。質問が向かってくるのを見ると、ひとことで、一《いち》瞥《べつ》のもとに、薙《なぎ》倒した。二、三度試みたあとで、ピエールは、胸が締めつけられる思いで、引き下がった。ピエールには、もはや元の兄とは思えなかった。

兄のほうでは、弟があまりにも以前のままで変わっていないと思った。兄は弟のなかに、少し前までの自分を、もはやなりえない自分の姿をみいだした。兄は弟に、その償いをさせていた。兄はあとになって、そのことを後悔したが、おくびにもださなかった。そしてまた、同じことを繰り返すのだった。ふたりとも苦しんでいた。兄弟の苦しみは、非常に似かよっていたので、本来ふたりを結びつけるはずだったのに、たび重なる誤解がもとで、かえって遠ざけていた。兄弟のあいだの違いはただひとつ、兄はその苦しみが似かよっているということを知っているのに、ピエールのほうでは、苦しんでいるのは自分だけで、心を打ち明けるものが誰もいないと思っていることだった。

では、ピエールはどうして同い年の青年、つまり学友たちのほうに心を向けなかったのだろうか？　これらの青年たちは、もしそうしようと思えば、身を寄せあい、互いに支えになり合えたに違いないのに。しかし、そうはならなかった。反対に、悲しい運命が、青年たちをばらばらに、いくつかの小さなグループに分散させ、しかもそれらの小さなグループの内部においてさえ、よそよそしく、打ち解けずにいた。もっとも凡庸な連中は、目をつぶって、頭から戦争の流れのなかに飛びこんでいった。が、大多数の連中は、戦争の流れから遠ざかっていた。そんな連中は、自分より前の世代と、いかなるつながりも感じていなかった。情熱や希望や憎悪に関して、いかなる点においても分かちあってはいなかった。素面《しらふ》の人が酔っぱらいを眺めるように、その熱狂的な行動を見物していた。それにしても、そんな行動に反対したって、何ができただろう？　多くのものが小雑誌を創刊したが、その生命は、空気の欠乏から、最初の数号ではかなく消えていった。検閲によって、真空状態にされていた。フランスの思想全体が、鐘状の空気遮蔽《しゃへい》カヴァーですっぽり覆われていたのだ。これらの若者たちのうち、もっとも優れた者たちは、反抗するには弱すぎ、不平をいうには誇りが高すぎたが、自分たちに戦争という匕首《あいくち》が突きつけられているということは、前もって知っていた。屠場《とじょう》にひかれていく自分たちの順番を待ちながら、各自が自分のことだけを考え、いくぶんかの侮蔑をこめて皮肉たっぷりに、押し黙ったまま眺め、そして判断を巡らしていた。群集心理にたいする侮蔑的な反動から、一種の知的で芸術的な自己中心主義、観念的な官能主義のなかに身を投じていた。そのなかでは、追いまわされた自我が、人類共同体にたいして、自己の権利を要求していた。なんて人をバカにした共同体、共同で遂行された、あるいは共同で蒙《こうむ》った殺人という形でしか、これら青年たちのまえに正体を現さなかったとは！　早熟な経験が、青年たちの幻想を萎《しお》れさせてしまっていた。これらの幻想が年長者たちにあってどんな価値があるのかを、そしてその代償は、幻想を信じない者たちの生命でもって支払われているのを、青年たちは見てきた。青年たちの信頼は、人間全般にたいして、同じ年頃の者たちにたいしてさえ、損なわれていた。それに、こうした時代には、心のなかをうち明けるのは、何と高くついていたことか！　毎日のように、愛国的なスパイによって、危険思想や内密の会談のなんらかの告発が耳に入ってきたが、それは権力がスパイの熱意を褒《ほ》め称《たた》え、奮いたたせたからだ。そのために、これらの若者たちは、意気沮喪《そそう》し、侮蔑感を抱き、用心ぶかくなり、精神的孤独からくる克己的な感情から、おたがいに心を許しあうことはほとんどなくなっていた。

ピエールは、十八歳の小ハムレットたちが探し求めるホレーショ(注5)を、こうした青年たちのうちに見いだすことができなかった。自分の考えを世論（この娼婦）に譲り渡すのはたまらなく嫌だったとしても、自分で選んだ魂たちには、自分の考えを自由に結びつけたいと願っていた。自己満足に甘んじるには、心がやさしすぎた。ピエールは、世界の苦悩に苦しんでいた。苦悩の総量に押しつぶされていた。そして、その苦悩の総量を、誇張して考えていた、――なぜなら、人類がとにもかくにも苦悩に耐えているということは、人類がひ弱な青年のほやほやの皮膚よりも固い皮を持っているからだと。――しかし、誇張ではなく、世界の苦悩よりもいっそうピエールを打ちのめしたのは、世界の愚かさだった。

苦しむことはなんでもない、死ぬことはなんでもない、その意味がはっきり分かっている場合には。理由が理解できるときには、犠牲もよしとしよう。しかし、一青年にとって、世界の意味とは、世界が引き裂かれることの意味とは、何だろう？　もしその青年が誠実で健全なら、いずれすべてがそのなかにころげ落ちるだろう深淵の上で、角突《つの》きあわす愚かな雄牛《おうし》のように敵対する諸国家の野卑な乱闘に、どうして関心など持つことができようか？それにしても、道はすべての人が通るのに充分なだけの幅があったというのに。なのに、自分で自分自身を滅ぼそうというこの怒り狂ったような情熱は、いったいどうしてなのか？このような傲慢な祖国、掠奪《りゃくだつ》国家、殺人を義務と教えられる国民が、どうして存在するのか！　いたるところ、人と人のあいだで、殺戮があるのはどうしてなのか？　どうしてこの世界は、たがいに食《は》みあうのか？　人生のこのおぞましい、そして際限のない鎖の悪夢は、どうしてなのか？　その鎖の輪のひとつひとつが、隣の輪の襟首《えりくび》に顎《あご》を食いこませ、その肉をむさぼり、その苦しみを楽しみ、その死によって生きている。どうして争いが、どうして苦しみがあるのか？　どうして死が？　どうして生が？　どうして？　どうして？……

ところが、その夜、ピエールが帰宅したとき、このどうしては沈黙してしまっていた。

――＊――

しかしながら、何も変わってはいなかった。ピエールは、書類と本でいっぱいの自分の部屋にいた。まわりには、慣れ親しんだ物音ばかり。通りでは、警報解除を告げる軍用ラッパの音。階段では、地下室から上がってくる借家人たちの満足げなおしゃべりの声。上の階では、数カ月このかた、消息不明の息子を待っている老人が、思いつめたように歩きまわっている。――しかし、ピエールの部屋では、出がけにそこに残しておいたさまざまな心配ごとは、もはや待ち伏せしてはいなかった。

時折、不完全和音がしゃがれ声のように響くことがある。この和音は、精神を不安な状態にする。おたがい見ず知らずで紹介されるのを待っているときの訪問客のような、敵対する、あるいは、冷たくよそよそしい要素を融和する一音がそこに付け加わるまで、この状態は続く。その一音が加わるや、たちまち氷は砕け、快い調べが体の隅々にまで流れる。この精神の化学作用、生暖かくひそやかな接触が、ピエールにもたらされたばかりだった。ピエールは、この変化の原因に気づいてはいなかった。だから、それを分析しようとは夢にも考えなかった。しかし、事物がいつも見せている敵意が、突如、和らいでしまったのを感じてはいた。何時間も前から、しつこく悩まされている頭痛、それが突然なくなっているのに気づく。あの頭痛は、どこへ消えてしまったのだろう？　こめかみが、まだわずかにずきずきしている……　ピエールは、この訪れたばかりの平穏に、警戒心を抱いていた。この平穏は束の間の休戦であり、隠れた痛みが、ふたたび息を吹きかえし、いっそうひどくなって戻ってくるのではないかと疑っていた。ピエールは、すでに芸術がもたらす休息を知っていた。線と色彩の神々しいまでの均斉が目に入りこんだり、あるいは、和声の数の法則に従って、ひとつひとつ散らばったり結ばれたりする和音の変化に富んだ美しい戯れが、官能的な耳殻のくぼみのなかに押し入ってくるとき、わたしたちの心には平安が芽生え、わたしたちは溢れんばかりの喜びに満たされる。しかしそれは、外部からわたしたちのところに射しこんでくる光である。言ってみれば、太陽の遠くからの輝きが、実生活から遊離した地に足のつかないところで、わたしたちを魅惑するようなものだ。それは、一時《いっとき》しか続かない。ほどなく、わたしたちは落下する。芸術とて、たかが束の間、現実を忘れさせるにすぎない。ピエールは、びくびくしながら、同じような失望を覚悟していた。――しかしその輝きは、今度は、内部から射していた。生活の何ひとつ、忘れられてはいなかった。なのに、すべてが調和していた。さまざまな思い出も、新たな思いも。部屋のなかの品々や、かずかずの本や、書類のたぐいまでが、生き生きと活気づき、いったん失ってしまっていた興味を取り戻していた。

　数カ月このかた、ピエールの知的成長は、抑圧されていた。まるで、満開の時期に訪れた「寒の聖人たち」(注6)のせいで、花が萎《しお》れてしまう若木のように。ピエールは、今にも召集されようとしている若い年度兵たちに大学が与えたさまざまな便宜を利用して、試験官たちの甘いお目こぼしで、急いで卒業証書を手に入れようとする実利的な青年ではなかった。ましてや、迫りくる死を見ながら、生きているうちには決して確かめることのできない知識を、いつもの倍の速さで倍の量を口のなかに押しこみ、むさぼり食おうとする青年の、やけっぱちなまでの貪欲さも感じてはいなかった。究極の空虚、つまり、世界という残忍で不条理な幻想のもとで、いたるところに人目につかずひそかに存在する空虚を、たえず感じているということが、——ピエールの弾むような気持ちを、ことごとく断ち切っていた。ピエールは、一冊の本、ひとつの思想に飛びついて、——やがて、がっくりして、やめてしまうのだった。そんなことをして、なんになるのか？

学ぶことが、なんの役に立つのか？ すべてを失い、すべてを放棄しなければならないとすれば、何ひとつ自分のものにならないとすれば、自らを豊かにすることが、なんの役に立つのだろうか？ 活動が、学問が、ひとつの意味を持つためには、人生がひとつの意味を持たねばならない。この意味を、いかに精神を働かせようとも、どんなに心から懇願しようとも、手に入れることはできなかった。——ところが、見よ、その意味が自分からやって来た……人生が、ひとつの意味を持ったのだ……

いったい、どうしたというのだ？ ——そして、この内心の微笑《ほほえみ》がどこから来たのかを探し求めているうちに、あの少女のわずかに開いた口元が目に浮かび、ピエールは、自分の唇を重ね合わせたい想いにうずうずした。

――＊――

平時なら、そうした魅惑は、多分、長続きしなかっただろう。恋に恋するこのような青春時代にあっては、あらゆる人の目のなかに恋を見る。うずうずし、気持ちの定まらぬ人は、人から人へと恋をあさり、ひとところに落ち着こうと、急いだりはしない。一日の初めにいるのだから。

しかし、今日という一日は、短いかもしれない。だから、急がねばならなかった。この青年の心は奥手だっただけに、なおさら気が急《せ》いていた。大都会というものは、遠くから見ると、肉欲の煙が立ちのぼる硫気孔のように見えるが、そこには純真な魂と純潔な肉体が身を寄せている。どれほど多くの青年男女が、愛を大切にし、結婚のときまでうぶな感覚を抱き続けていることか！　知的な好奇心がふつうより早い時期に刺激される洗練された階層にあってさえ、若い社交好きの女性や、なんなりと知識があるようでいて、その実、何ひとつ知らない、といったたぐいの学生が口にする慎みのないおしゃべりの蔭に、どれほど多くの奇妙な無知が隠されていることか！　パリの真ん中にも、素朴な田舎や、僧院の小さな庭や、泉の清らかさはいくつもある。パリは、パリを描く文学によって、裏切られっぱなしだ。パリの名において語る連中は、もっとも汚れた人たちだ。そのうえ、誤った世間体から、もっとも清純な人たちが、自分たちの純潔さを打ち明けられないでいる、というのはあまりにもよく知られた事実だ。——ピエールは、これまで恋というものを知らずにいた。そしてピエールは、その初めての恋の呼びかけに、身を任《まか》せたのだった。

ピエールの我を忘れるような喜びにさらに加わったのは、この恋が死の翼のもとで生まれた、ということだった。爆弾の脅威が頭上を通り過ぎるのを感じ、重傷を負った男の血みどろの姿に胸が締めつけられ動揺したあの瞬間に、ふたりの指は求め合ったのだ。そしてふたりともが、その求め合う指に、怯《おび》える肉体のわななきと同時に、見知らぬ友の情愛のこもった慰めを読みとった。手を握りしめたのは、ほんの束の間だった。その一方の手、男の子の手は言った。「ぼくに、寄りかかって！」と。——もう一方の母親のような手は、自分自身の恐怖をこらえて言った、「あたしの坊や！」と。

これらすべてのことは、口にだして言われたわけでも、耳に聞こえてきたわけでもない。なのに、この内心のささやきは、言葉以上に魂をいっぱいに満たした。まったく、言《こと》の葉《は》というあのこんもりした茂みは、思いというものを隠してしまう。ピエールは、その羽音のようなささやきに、あやされるがままでいた。それは、存在の薄明かりのなかを漂う、金色のスズメバチの奏でる歌声のようだった。ピエールの日々は、初めて経験する物憂《ものう》さのなかで、まどろんでいた。孤独で裸の心は、巣の温《ぬく》もりを夢見ていた。

二月の最初の一、二週目に、パリは、新たな空襲による破壊を数え、その傷口を舐《な》めていた。新聞は、犬小屋に閉じこもって、報復しろと吠えたてていた。そして、「鎖でつないでいた人間」紙（注7）によれば、政府がフランス人に向かって戦争を仕掛けているのだった。裏切りものの裁判の季節が始まっていた。検事によって厳しく要求された自分の首を守ろうとする憐れな男の見世物が、パリのお歴々を楽しませていた。その物見高さは、四年間にわたる戦争と舞台裏にころがる一千万人の死者たちによっても、満たされてはいなかった。

しかしこの青年は、自分を訪れてきた謎めいた客のことに、もっぱら気をとられていた。想いの奥底に刻みつけられていながら、それでいて輪郭を描けないでいる、そんな愛の幻影の強さの不思議さよ！　ピエールには、その顔立ちも目の色も唇の形も言えなかっただろう。ピエールが見いだせたのは、自分のなかにある感動だけだった。面影を明確にしようとする試みはすべて、面影を歪めてしまう結果にしかならなかった。それ以上にはうまくいかなかったので、パリの街のあちこちを探し求めはじめた。ピエールは、始終、あの少女を見つけたように思うのだった。それは、微笑《ほほえみ》であったり、若々しい白い項《うなじ》であったり、目の輝きであったりした。そのたびに、ピエールの心臓はどきどきし、血管が脈打った。だが、これら捉えどころのない面影と、ピエールが探し求め、しかも愛していると信じていた本当の面影とのあいだには、何ひとつ似通ったところはなかった、何ひとつ。では、ピエールはあの少女を愛してはいなかったのだろうか？　いや、もちろん、愛していた。だからこそピエールは、いたるところに、あらゆる形のもとで、あの少女の姿を見たのだ。実際、あの少女は、微笑《ほほえみ》そのもの、光そのもの、生命そのものだ。正確に輪郭を描こうにも、限度があるだろう。――だが、誰しもこうした限度を望むものだ、愛する人を抱きしめ、愛する人を自分のものとするために。

たとえ、もう二度とあの少女に会えなくても、ピエールには分かっていた、あの少女が存在しているということ、そしてあの少女が巣であるということが。嵐のなかの港、夜の闇のなかの灯台。「海の星《ステラ・マリス》、愛《アモル》」(注8)。愛の神よ、死の時にあって、ぼくたちをお守りください！……

――＊――

セーヌの河岸を、フランス学士院《アンスティテュ》ぞいに、数はまばらだが、きまっていつも同じ場所で店を開いている古本屋の、露天にならべられた本をぼんやりと眺めながら、ピエールは歩いていた。アール橋《ポン・デ・ザール》の石段の下にやってきた。ふと目をあげると、期待していたあの少女の姿が目にはいった。少女は、デッサン用の紙挟《かみばさ》みを小脇に抱え、小鹿のような足どりで、石段を下りてくるところだった。一瞬のためらいもなく、ピエールは少女のほうへ飛びだした。そして、下りてくる少女めがけて上っていく途中で、初めてふたりの視線がぴったり合い、相手の目のなかに入りこんだ。そして、少女の前まできて立ち止まり、ピエールは顔を赤らめた。びっくりした少女は、ピエールが顔を赤らめたのを見て、赤くなった。ピエールが息をつぐまもなく、牝鹿《めじか》の小さな足音は、すでに通り過ぎていた。気力が戻り、やっとのことでふり返ったとき、少女の服は、セーヌ街に面したアーケードの曲がり角に、消えようとしていた。ピエールは、少女のあとをつけようとはしなかった。橋の欄干にもたれて、流れ行くセーヌの川面を眺めながら、少女の眼差しを思い浮かべていた。ピエールの心は、今しばらくの新しい糧を得たのだ……（おお、なんといとおしく愚かな青年たちよ！）……

一週間後、ピエールは、黄金色《こがねいろ》のやわらかな陽射《ひざ》しをいっぱいに浴びたリュクサンブール公園をぶらついていた。陰気なこの年にしては、何と輝かしい二月なんだ！　目を開けたまま、夢見つつ、そして自分が目にしているものを夢見ているのか、それとも夢見ているものを目にしているのか、もはやよく分からないまま、ピエールは、切ないほどの物憂さのなかで、ぼんやりと幸せなような、不幸せなような、うっとりした恋心で、今日の陽射《ひざ》しと同じくらいたっぷりとした愛情に潤され、上《うわ》の空で歩きながら、ほほえんでいた。そしてその唇は、知らず知らずのうちに、とりとめのない言葉を、何かの歌を口ずさんでいた。ピエールは、砂を眺めていた。そのとき、一羽のハトがかすめ飛んでいくように、ひとつの微笑《ほほえみ》が、たった今、通り過ぎたような気がした。ピエールは、ふり返った。そして、あの少女と、すれちがったばかりなのに気づいた。そして、ちょうどこのとき、少女のほうでも、歩みを止めないで、顔だけふりむき、ほほえみながら、ピエールの様子を窺《うかが》っていた。そのとき、もうピエールにためらいはなかった。両手を差し伸べるようにして、少女のほうに飛んでいったが、その様子がとても若者らしく、飾り気がなかったので、少女もごく自然に待っていてくれた。ピエールは、何ひとつ言い訳しなかった。ふたりのあいだに、いかなる気づまりもなかった。ふたりには、すでに始めていた会話の続きをしているように思えた。

「ぼくのこと、からかってらっしゃるんでしょう」と、ピエールは言った。「無理もないんだけど！」

「あたし、からかってなんかいませんわ。——（少女の声は、その足どりと同じように、生き生きとして、しなやかだった。）——あなたがひとりで笑っていらしたので、あたしそんななあなたを見て、つりこまれて笑ったのよ」

「ぼく、笑っていたって、ほんと？」

「今だって、まだ笑ってらっしゃるわ」

「今はね、だってわけがあるんだもの」

少女は、そのわけを聞かなかった。ふたりは、一緒に歩いた。ふたりとも、幸せだった。

「きれいな可愛いお陽《ひ》さまだこと！」と、少女は言った。

「生まれたての赤ちゃんの春ですね！」

「その赤ちゃんになのね？　さっき、あなたが笑いかけてらしたのは」

「それだけじゃありません。たぶん、あなたにも」

「まあ、お上手おっしゃって！　嫌な方ね！　あなた、あたしのこと、ご存じないのに」

「そんなこと言っても、ぼくたち、もうすでに会ってるんですよ、何度目かは知らないけど！」

「三度目よ、今日のもいれて」

「あっ！　おぼえてるんだ！……　ほら、やっぱり、ぼくたち旧知の間柄ですよ！」

「そのこと、お話ししましょう！」

「いいですよ、ぼくのいちばんお話ししたいことですから……　そうだ！　あそこに掛けましょう！　ほんのちょっと、いいでしょう？　とても気持ちいいですよ、水辺は！」

（ふたりは、ガラテの泉水(注9)の近くにいた。石工《いしく》たちが、爆弾から守るために、泉水の上にシートをかぶせていた。）

「あたし、だめなんです。電車に乗り遅れそうなの……」

少女は電車の時間を言った。まだ二十五分以上もある、ということをピエールは示した。

それはそうだが、少女は、電車に乗る前に、ラシーヌ通りの角で、まずおやつを買いたいと思っていた。その店には、おいしいプチ・パンがあるのだ。ピエールは、ポケットからプチ・パンをひとつ取りだした。

「このぼくのプチ・パンのほうが、おいしいよ……　ひとついかが？……」

少女は笑った、そしてためらった。ピエールは、プチ・パンを少女の手のなかに入れ、その手をそのまま放さなかった。

「ぼく、とても嬉しいんだ！……　さあ、いらっしゃい、行ってあそこに腰掛けましょう！……」

ピエールは、泉水に沿った散歩道のなかほどにあるベンチに少女を連れて行った。

「ぼく、まだほかにも持ってるんだ……」

ピエールは、ポケットから、板チョコを取りだした。

「食いしん坊さんね！……　で、まだ何か？……」

「でも、恥ずかしいな、ぼく……　この板チョコ、包んでないんだ」

「ちょうだい、ね、ちょうだいな！……　戦争ですもの」

ピエールは、少女が板チョコを齧《かじ》っている姿をじっと眺めていた。

「ほんと、初めてだよ」と、ピエールはいった。「戦争にもいいことがある、なんて思ったのは」

「あら！　戦争のお話はしないようにしましょう！　もう、ほんとにうんざりですもの！」

「そうだね」と、ピエールは熱をこめていった。「そんな話は、決してしないようにしよう」

（空気が、にわかに軽くなった。）

「ねえ、あのピエロ(注10)たちをご覧になって」と、少女は言った。「水浴びしているわ」

（少女は、泉水の縁で、身づくろいしているスズメたちを指さした。）

「それじゃ、このあいだの晩（ピエールは、思いを巡らしていた）、このあいだの晩のことだけど、地下鉄のなかで、ぼくのことを見たんですね、そうですよね？」

「もちろんよ」

「でもあなたは、ぼくのほうを、一度も見なかった……　ずっと、向こうの方を向いたままだった……　ほら、今みたいに……」

（ピエールは、前方を見つめたままパンを齧《かじ》っている少女を、横からいたずらっぽい目つきで見ていた。）

「……少しは、ぼくのほうを見て！……　向こうの、何を見てるの？」

少女は、振り向かなかった。ピエールは、少女の右手をとった。手袋の人指し指のところが破れていて、指の先が覗《のぞ》いていた。

「何を見てるの？」

「あなたをよ、あたしの手袋を見つめていらっしゃる……　それ以上破かないでくださいね！」

（ピエールは、上の空で、手袋の穴を大きくしているところだった。）

「やあ、ごめん！……　でも、どうして見えるんです？」

少女は、答えなかった。しかし、からかうような横顔を見ると、目尻が笑っていた。

「ああ！　ずるいや！……」

「たやすいことよ。誰だって、こんなふうにするわ」

「ぼく、ぼくにはできないな」

「やってみて！……　藪睨《やぶにら》みするのよ」

「とてもできそうにないや。見るにはね、まっすぐ正面から、バカみたいに見つめなくちゃ」

「だめよ、そんなバカみたいにじゃなく！」

「やっと！　あなたの目が見える」

ふたりは、やさしげに笑いながら、見つめ合った。

「お名前、何ていうの？」

「リュス(注11)」

「なんて可愛い、今日のお陽《ひ》さまの光みたいに、可愛い名前だね！」

「で、あなたのお名前は？」

「ピエール(注12)……　ずいぶんありふれた名前だけど」

「実直そうな名前よ、正直で澄んだ目を持つ人のね」

「ぼくの目のように」

「澄んでるってことなら、ほんとにそうね、あなたの目はそうよ」

「それは、ぼくの目が、リュスを見つめているからですよ」

「リュス、ですって！……《さん》《マドモワゼル》ぐらい、つけるものですよ」

「ううん」

「ううん、ですって？」

(ピエールは、かぶりをふった。)

「あなたは、リュス《さん》《マドモワゼル》なんかじゃありません。あなたはリュス、そしてぼくはピエールです」

ふたりは、手を取り合っていた。見かわすこともせず、すっかり葉の落ちた枝のあいだから覗《のぞ》くやわらかな青空のほうに目を向けたまま、黙りこくった。ふたりの想いは、それぞれの手を通して流れこみ混ざりあった。

リュスは言った。

「いつかの晩は、怖かったわね、ふたりとも」

「うん」と、ピエールはいった。「でも、よかったね」

(あとになってからのことだが、ふたりとも、それぞれが、相手の想っていることを口にだして言ったのだと気づいてほほえんだ。）

リュスは、大時計の音を聞くと、手を振りほどいて、急に立ち上がった。

「あら！　もう時間がないわ……」

ふたりは、一緒に行った。パリっ娘《こ》たちがよくやる、とても可愛い例の軽やかな足どりで。まったくパリっ娘《こ》たちの小走り姿ときたら、スピード感など思わせないほど自然に見える。

「よくここを通るの？」

「毎日よ。でも、どちらかというと、テラスの向こう側のほうが多いわ。（リュスは公園のヴァトー記念碑のある木立（注13）を指差した。）ルーヴル美物館からの帰りなの」

（ピエールは、リュスがもっている紙挟《かみばさ》みに目をとめた。）

「絵描《えか》きさん？」、ピエールは尋ねた。

「いいえ」と、リュスは答えた。「そんなたいしたものじゃないのよ。ただちょっと絵の具を塗りたくるだけ」

「どうして？　楽しみのためなの？」

「あら！　違うわ！　お金のためよ」

「お金のためですって！」

「卑しいでしょう、ね？　そうじゃなくって？　お金のために芸術をやるなんて？」

「驚いたなぁ、特にお金が稼げるってことに、ちゃんとした絵が描《えが》けなくても」

「だからこそ、なのよ。この次、お話しするわね」

「この次も、泉水のところで、またおやつを食べましょう」

「そうね、お天気がよければ」

「でも、もっとはやく来られるでしょう？　ね？……、そうでしょう……、リュス……」

（ふたりは、停留所に着いていた。リュスは、電車のステップに飛び乗った。）

「返事して、ねぇ、可愛い光さん……」

リュスは答えなかった。しかし、電車が発車するとき、リュスは瞼《まぶた》で「ええ」と言った。

そして、リュスが声に出しては言わなかった言葉を、その唇の上に、ピエールは読み取った、

「ええ、いいわ、ピエール」

去りながら、ふたりとも、考えていた。

「へんだなあ、今夜、みんな、なんて嬉しそうな様子をしているんだろう」と。

そして、ふたりともほほえんでいた、何が起きたのか、分かりたいとも思わずに。ふたりに分かっていたのは、今日起きたことを自分たちが手に入れたこと、それをしっかり握っていること、そして、それは自分たちふたりのものだということ、だけだった。それとは、何か？　何でもない。とにかく、今宵、自分たちは心豊かなのだ！……　帰宅すると、ふたりは、鏡のなかの自分の顔を、友の顔を見るように、愛情のこもった目で見た。ふたりは、それぞれに思った、「あの人の眼差しが、おまえを見つめている」と。ふたりとも、なぜかしら、とても心地よい疲労にぐったりして、早くから床についた。服を脱ぎながら、ふたりは考えていた。

「今素敵なこと、それは、明日があるってこと」

――＊――

明日！　わたしたちの後に来る人たちには、戦争の四年目に、この明日という言葉が、無言の絶望と底知れぬ倦怠《けんたい》をともなって呼び起こしたものを、思い浮かべるのはむつかしいだろう……　そんなにも疲れ切っていたのだ。それほどいくたびとなく、希望が裏切られたのだ！　昨日や今日とよく似た何百という明日が相次ぎ、そのことごとくが虚無と期待に、虚無への期待に、捧げられていた。時間には、もはや流れがなかった。歳月は、もはや流れているようには見えない、黒光りする波紋の浮かんだ暗くどろどろした水の輪で生命を取り囲む、ステュクスの河(注14)のようだった。明日？　明日は死んでしまっていた。

どっこい、ふたりの子供たちの心には、「明日」が蘇《よみがえ》っていた。

明日になると、ふたたび泉水のそばに腰掛けているふたりの姿が見られた。そして翌日も、その翌日も、ずっと続いた。好天が、この束の間の出会いに幸いした。そしてデートは、日毎、すこしずつ長くなっていった。どちらもが自分のおやつを持参していた。とりかえっこするのが楽しみだった。ピエールは、今では、美術館の出口のところで待つようになっていた。ピエールは、リュスの作品を見たがった。自信があるわけではなかったが、リュスは気さくに自分の作品をピエールに見せた。それは、名画や名画の一部分を縮小した模写で、群像や、肖像や、半身像だった。ちょっと目には、それほど不愉快というほどでもなかったが、それにしても、ひどくぞんざいだった。ここかしこに、かなり正確できれいなタッチが見られたが、そのそばに、小学生なみの不正確さがあり、たんに初歩的なことを知らないというだけでなく、人が見たらどう思うかということにまったく無頓着な投げやりな態度を露呈していた。――《ふん、このくらいで充分よ！……》――リュスは、模写した絵の原画名を言った。ピエールはそれらの絵を知りすぎるほど知っていた。ピエールの顔は、落胆にひきつっていた。リュスは、ピエールが喜んでいないことを感じていた。が、勇気を奮い起こして、全部ピエールに見せた、――まだあるわよ、これも……　ガーン！……　それは、手持ちのなかのいちばん見苦しいやつだった！　リュスは、ずっと冷ややかな笑みを浮かべていたが、それは、ピエールに向けられたと同じくらい、自分に向けられたものだった。しかし、悔しさに胸がちくちく痛んでいることを自分では認めていなかった。ピエールは、何も言うまいと、キッと口を閉ざしていた。だがついに、我慢を超えた。リュスが、フィレンツェにあるラファエロの模写をピエールに見せたときだ。

「でも、こんな色合いじゃないよ！」と、ピエールは言った。

「あら！　驚くことないわ！　あたし、見に行ったことないんですもの。写真を手に入れたのよ」

「これで、誰にも、何も言われないの？」

「誰に？　お得意さんたちに？　あの人たちだって、見に行ったことないのよ……　それに、よしんば見てたとしても、そんな仔細に見てやしないわ！　赤だろうと、緑だろうと、青だろうと、あの人たち何も気づかないわよ。時々、あたし、カラー見本があっても、その色を変えてみるの……　ほら、たとえば、これなんか……」（それはムリーリョ(注15)の天使だった。）

「色を変えるほうがいいと思うの？」

「いいえ、そうじゃなくて、色を変えるほうが、あたしには面白かったの……　それに、そのほうが都合よかったし……　それに、そんなこと、どっちだっていいのよ。大事なことは、絵が売れるってこと……」

この最後の空威張《からいば》りをしおに、リュスは話を打ち切り、彩色画をピエールから取り戻すと、プーと吹き出した。

「いかが！　あなたが思ってらしたよりも、ずっと見苦しいかしら？」

ピエールは、悲しそうに言った。

「でも、どうして、どうしてあなたがこんなことをしているの？」

リュスは、ピエールの消沈した顔を見つめた、母親のような皮肉まじりのやさしい微笑《ほほえみ》を浮かべながら。このいとしい中産階級の青年は、万事つつがなくきていたので、人は生きるためにさまざまな折り合いをつけるものだ、ということが理解できないでいるんだわ……

ピエールは、繰り返し尋ねた。

「どうして？　ねえ、どうして？」

（ピエールは、すっかりしょげ返っていた、まるで自分がヘボ絵描《えか》き当人であるみたいに！

……なんて善良な青年なの！　リュスは、この青年を抱きしめてキスしてやりたいと思った……そっと、その額の上に。）

リュスは、やさしく答えた。

「どうしてって、生きるためよ」

この言葉に、ピエールは茫然とした。思ってもいなかった言葉だ。

「厄介よね、生活って」、リュスは、軽い、からかうような口調で答えた。「まず、食べなくちゃ、それも毎日のことよ。晩に、夕御飯を食べたとするでしょう。でも、その翌朝には、また食べはじめなくちゃならないわ。それに服も着なくちゃね。体、頭、両手、両足、全部に着せなくちゃ。衣裳一揃いよ！　それから、それら全部の支払い。生活って、支払うことね」

恋の近視眼が見逃していたものに、ピエールは初めて気がついた。質素な、ところどころ毛のぬけた毛皮、いくぶん使い古した編み上げ靴など、可愛いパリっ娘《こ》の天性の趣味の良さによって、目立たなくされてしまう金銭の不如意の痕跡に。ピエールの胸は、締めつけられた。

「ああ！　ぼく、できないかなあ？　あなたを助けることはできないかなあ？」

リュスはちょっと身をひくと、顔を赤らめた。

「いいえ、いいえ」、リュスは、困ったような様子でいった。「とんでもないわ……　ぜったいダメ……　そんな必要ありませんもの……」

「でも、そうできれば嬉しいんだけどなあ！」

「ダメです……　もうこの話は、しないようにしましょう。そうでないと、もうお友だちでいられなくなってしまいますわ……」

「それじゃ、ぼくたち、お友だちなんですね？」

「ええ、そうよ。というか、あなたが、あんなおぞましいものをご覧になってしまったあとでも、まだお友だちでいてくださるならね？」

「もちろんですよ！　それは、あなたのせいじゃないもの」

「でも、あなたに辛い想いをさせてるでしょ？」

「それはまあ、そうだけど」

リュスは笑った、満足そうに。

「あなたには、笑いごとなんですね、意地悪だなあ！」

「いいえ、意地悪じゃないの。あなたには、お分かりにならないわ」

「じゃ、どうして笑うんです？」

「それは言えませんわ」

(リュスは、思っていた、《愛よね！　あたしが何か見苦しいことをしたからといって、苦しんでくださるなんて、なんてあなたはやさしいのでしょう！》、と。)

リュスは口にだして言った。

「いい方ね、ありがとう」

(びっくりした目をして、ピエールはリュスを見た。)

「分かろうとは、なさらないで」、ピエールの手をそっとやさしくたたきながら、リュスは言った……。「さあ、あそこで、ほかのことをお話ししましょう……」

「うん……　もうひとことだけ……　でも、やっぱりぼく知りたいんです……　ねえ(気を悪くしたりしないで！)……　今、ちょっとお困りなんじゃ？」

「いいえ、いいえ、さっきあんなことを言ったのは、時々悪い時期があったからなの。でも、今は、ましなのよ。母が、働き口を見つけたの、いいお給料、貰ってるわ」

「お母さん、働いてらっしゃるの?」

「ええ、軍需工場で。日給、十二フランよ。それって、大金だわ」

「工場で! 軍需工場で、ですって!」

「ええ」

「そりゃ、ひどい!」

「そのとおりよ! くれるものは、貰わなくちゃ!」

「リュス、でも、もしあなた、あなただったら、あなたがお金をやるって言われたら……」

「あたしだって、ご覧のとおり、下手くそな絵を描《か》いてるじゃない…… ね! お分かりのはずよ、あたしが下手くそな絵を描《か》いてるわけが!」

「お金を稼がなきゃいけないとしても、砲弾を製造してるような工場で働くよりほかないとしても、それでもあなたは行く?」

「お金を稼がなくちゃならなくて、ほかに方法がない場合?…… もちろんよ! あたし、駆けつけるわ!」

「リュス! あの工場で何がつくられてるか、考えてみて?」

「いいえ、考えないわ」

「あなたのような、ぼくのような人々を、苦しめたり、殺したり、引き裂いたり、焼け死なしたり、拷問にかけたりするものばかりだよ……」

リュスは、指を口にあてて、黙るように合図した。

「知ってますわ、そんなことみんな知ってますわ、でもあたし考えたくないの」

「考えたくないんですって？」

「ええ」、リュスは答えた。

それから、ちょっと間をおいて、

「生きなくちゃならないの……　考えたりしたら、もう生きられないわ……　あたし、あたし生きたいの、生きたいんです。生きるために、あれもこれも無理強いさせられてるのに、そのあれやこれやのために、あたしが悩むわけ？　そんなこと、あたしに関わりないわ、そんなこと望んでるの、あたしじゃないもの。たとえそれが悪いことでも、あたしのせいじゃないわ。あたしが、あたしが望んでることは、悪いことじゃないもの」

「何なの、あなたが望んでるのは？」

「まず、生きたいんです」

「人生を愛してるんですね？」

「もちろんよ。あたし間違ってるかしら？」

「とんでもない！　とっても素晴らしいことですよ、あなたが生きてるってことは！」

「それじゃ、あなたは人生を愛してらっしゃらないの？」

「愛してなかったんです、これまでは……」

「これまで、って？」

（この問いは、答えを求めてはいなかった。ふたりとも、よく知っていた。）

ピエールは、自分の考えを追いながら、続けた。

「あなた、言いましたよね、《まず》って……《まず、生きたいんです》って……じゃ、その次は、何？　何を望んでるの？」

「分からないわ」

「いや、分かってる……」

「あなた、とっても不躾《ぶしつけ》よ」

「ええ、そうですよね、とっても」

「困ったわ、あなたに言うのは……」

「言ってください、そっと。聞こえたりしませんよ」

リュスは、ほほえんだ。

「できたら、あたしほしいの……（リュスは、ためらった）。ほんのわずかでいいから、幸福がほしいの……」

（ふたりは、ぴったりと寄りそっていた。）

リュスは、話を続けた。

「それって、求めすぎかしら？……　エゴイストだって、よく言われたわ。あたし、あたしね、時々思うのよ、《人は、どんな権利を持ってるの？……》って。人って、自分のまわりに、あまりにもたくさん、不幸な出来事や辛い思いを見てしまうと、どうにも要求できなくなってしまうものなのよね……　それでもやっぱり、あたし、心のなかで要求してるし、叫んでるわ、《そんなことはない、あたしには権利がある、少しばかりの、ほんの少しばかりの幸福を授かる権利がある……》って。率直に言ってくださらない。これって、エゴイストなの？　これって、悪いことだってお思い？」

ピエールは限りない憐れみの感情に捉えられた。この心の声、この哀れで素朴な小さな叫びは、ピエールの魂をも揺り動かした。ピエールの目に涙があふれてきた。ふたりは、ベンチで、肩を寄せ、もたれかかりながら、おたがいの脚の温もりを感じていた。ピエールは、振り向いて、リュスを腕に抱きしめたいと思ったが、感情を抑えきれなくなるのが恐くて、どうしても動けずにいた。ふたりとも、じっとしたまま、前方を、自分の足もとを見つめていた。ほとんど唇を動かさずに、ひどく早口の、低い燃えるような声で、ピエールは言った。

「ああ、ぼくのいとしい小さな体！　ああ、ぼくの心！　あなたの可愛い足を両手にとって、ぼくの口に押しあてたい、あなたをそっくり食べてしまいたい……」

ピエール同様、身を固くしたまま、非常に早口の消え入りそうな声でリュスは言った、すっかり狼狽して。

「まあ、おバカさん！　むちゃくちゃな方ね！……　お口を閉じて！……　お願いだから……」

散歩中の年配の男がひとり、ふたりの前をゆっくりと通り過ぎた。ふたりは、自分たちのふたつの肉体が、愛情で溶け合うのを感じていた……

小道には、誰もいなかった。一羽のスズメが、羽を乱して、砂浴びをしていた。泉水からは、水しぶきが、きらきら光りながら飛び散っていた。ふたりは、おずおずと顔を向け合った。そして、ふたりの眼差しが触れ合うや、ふたりの口は、小鳥たちがぱっと飛び立ったように、一気に合わさった、こわごわだが、すばやく。ついで、さっと飛びのいた。リュスは、立ち上がって歩きだした。ピエールもまた、立ち上がった。リュスは、「そのままいて」と、ピエールに言った。

ふたりには、もう相手の顔を見る勇気がなかった。ピエールはつぶやいた。

「リュス…… あのほんの少しばかりの…… あのほんの少しばかりの幸福を…… ね、今、ぼくたち持っているんですよね！」

——＊——

天候のせいで、スズメたちの泉水のおやつが、中断された。霧がたれこめて、二月の太陽を覆い隠した。しかし、ふたりが心のなかに抱いている太陽を、霧もかき消すことはできなかった。ああ！ どんな天気だってかまわなかった。寒かろうと、暑かろうと、雨だろうと、風だろうと、雪だろうと、太陽だろうと！ どんなであろうと、いつも、とてもいい天気というわけだ。それどころか、いろんな天気のほうが、いっそういいかもしれない。なぜなら、幸福が成長期にあるとき、すべての日のうち、もっとも素晴らしいのは、今日なのだから。

霧は、ピエールとリュスにとって、一日の一部分を、もはや離れないですむ好意的な口実になった。人に見られる恐れが減った。――毎朝、ピエールは、必ず電車の着くころに行ってリュスを待ち、パリ中を、リュスの用事についてまわった。ピエールは、オーヴァーの襟を立てていた。リュスは、毛皮の縁なし帽をかぶり、毛皮の襟巻を寒そうに顎《あご》のところまで巻き、ヴェールをしっかり掛けていたが、そのヴェールからは、小さく丸いぽっちゃりした唇が覗《のぞ》いていた。しかし最上のヴェールは、姿を隠し守ってくれる網のような湿った霧だった。それは、まるで灰のように濃密で、どんよりしていて、黄色い燐光を帯びていた。十歩先が、まるで見えなかった。セーヌ川と垂直に交差するいくつもの旧い通りを下りていくにつれて、霧はますます濃くなっていった。霧という友よ、ふたりの夢は、きみの冷えきったシーツのあいだにもぐりこみ、ながながと伸びをし、そして歓喜に身を震わせるのだ！　ふたりは、果実の種皮のなかの種子、くすんだ街灯のなかに閉じこめられた焔《ほのお》のようだった。ピエールは、リュスの左腕を、しっかり取っていた。ふたりは、足取りをそろえて歩いていた。背丈もほとんど同じくらいで、リュスのほうが心もち高かった。ふたりは、顔をくっつきそうなぐらい寄せ合って、小鳥がさえずるように、小声でしゃべっていた。ピエールは、ヴェールから覗《のぞ》く、小さな潤んだ丸い唇に、できるものなら接吻《くちづけ》したいと思った。

リュスは、《古画の贋作《がんさく》》を注文した商人に、本人がいうところの《かぶら》や《二十日大根》を売りに行くところだった。ピエールもリュスも、そんなに急いで着こうとは、決してしなかった。そして、故意にそうしたわけではなく（すくなくとも、当人たちはそう確信していたが）、いちばん遠い回り道をして、その間違いを、霧のせいにするのだった。

回り道するために最大限の努力をしたにもかかわらず、それでも、とうとう目的地に来てしまうと、ピエールは離れたところに残った。リュスは、店のなかに入っていった。ピエールは、街角で待っていた。長いこと待っていた。それに、寒かった。しかし、待つこと、寒いこと、退屈することさえもが、ピエールには嬉しかった。なぜなら、それはリュスのためだったから。やっとリュスが出てきた。リュスは、微笑《ほほえみ》を浮かべ、感動した様子で、急いで駆けてきた。ピエールが凍えてしまっているんじゃないかと案じて。うまくいったときには、リュスの目を見て、それと分かった。そして、ピエールは、金を得たのがまるで自分であるかのように喜んだ。でも、だいたいは、手ぶらで戻ってきた。支払ってもらうのに、二、三日続けて来なければならなかった。注文の品が、手荒く突き返されなかったときは、どれほど幸せだったことか！

たとえば今日など、一度も会ったことのない、人のよさそうな故人の写真をもとに描《えが》いた小さな肖像画のことで、リュスは食ってかかられた。目と髪の色が正確でないといって、家族のものが憤慨したのだ。やり直さなければならなかった。リュスは、どちらかというと、自分にふりかかった厄介な事の滑稽な側面を見る気になっていたので、くじけず笑いとばしていた。が、ピエールには笑えなかった。かんかんになって怒っていた。

「バカめ！　おおバカ野郎め！」

リュスが、カラーで模写し直さねばならない何枚かの写真をピエールに見せると、真面目くさった笑みを浮かべてかしこまっているそのバカ面たちに、ピエールは侮蔑から、――罵倒を浴びせた。

（ああ！　ピエールのこっけいな憤激ぶりが、リュスには、どれほど面白かったか!)――罵倒を浴びせた。リュスのいとしい目が、この鼻持ちならぬ下品な男どもの像に懸命に注がれ、リュスの手が、それをまたも熱心に模写するなんて、ピエールには冒瀆《ぼうとく》と思えた。とんでもない、実にひどいことだ！　美術館の模写のほうが、まだましだった。しかし、もはやそれを当てにしてはならなかった。最後まで頑張っていた美術館のいくつかが閉鎖されて、もうお得意さんの興味を惹かなくなっていた。もはや、聖母や天使の時代ではなく、兵士のご時勢だった。どの家庭にも、死んでいるにせよ、生きているにせよ、多くの場合、戦死していたが、出征兵士がいて、その顔立ちを永遠に残しておきたがっていた。もっとも裕福な家庭では、カラー版で。これは、かなり実入りのいい仕事だったが、まれになっていた。選り好みなど、していられなかった。いい仕事がなければ、さしあたり、捨て値で、写真の引き伸ばしをする仕事しか、もはや残っていなかった。

この点でいちばんはっきりしていることは、リュスには、もうパリに長居する理由がなくなったということだ。美術館での模写は、もうなくなっていたし。二、三日おきに店に来て、注文を取ったり届けたりするだけで、ことは足りていた。仕事は、自宅でちゃんとやれていた。ただ、そうしたことは、ふたりの子供たちには、あまり具合がいいとは言えなかった。ピエールとリュスは、停留所へ引き返す決心をつけかねて、あちこち、通りをさまよい続けていた。

疲れをおぼえ、冷たい霧が身にしみこんできたので、ふたりはとある教会のなかに入った。そして、そこ、小礼拝室の一隅に、そっとおとなしく腰をおろし、ステンドグラスを眺めながら、おたがいの生活の些細なことを、あれこれ、声をひそめて話し合った。ときどき沈黙が生じた。すると、言葉から解放されて（ふたりに関心があったのは、言葉の意味ではなく、敏感な触角と触角とのひそかな触れ合いのような、お互いの生命の息吹だった)、ピエールとリュスの魂は、もうひとつ別の、もっと真面目な、もっと深い対話を追いかけていた。ステンドグラスの夢、円柱の影、詩篇詠唱の鈍い声が、ふたりの夢にまじり、忘れたいと願っている人生の悲しみと、無限なるものへの慰めに満ちた郷愁を呼び起こした。十一時近くになっていたが、黄色味をおびた薄明かりが、聖水瓶の聖油のように、教会の内部を満たしていた。はるか遠くの高みから、不思議な微光が射しこんでいた。紫色のスミレの花々の上に溜《た》まった赤い水のような、暗紅色の一枚の大ステンドグラス、黒い鉄具で縁どられた、ぼんやりしたいくつもの画像。暗い壁の高い所では、光の血が傷口を作っていた……

不意に、リュスが言った。

「あなた、とられなくちゃならないの?」

ピエールは、すぐに理解した。ピエールの心も、沈黙のなかで、同じ暗い筋道を辿《たど》っていたからだ。

「うん」と、ピエールは言った。「そのことには、触れちゃいけないんだ」

「たったひとつだけ。ね、いつ?」

ピエールは答えた。

「六カ月後」

リュスは溜息をついた。

ピエールは言った。

「もうそのことは、考えちゃいけないよ。考えたって、なんの役に立つって言うの？」

リュスは言った。

「ほんと、なんの役にも立たないわね」

ふたりは一息いれて、その考えを払《はら》い除《の》けた。それから、勇気をだして（それとも反対に、《こわごわ》と言うべきだろうか？　真の勇気がどこにあるかを知るものが決めるがいい！）、ふたりとも、しいてほかのことを話そうとした。靄《もや》のなかで、ちろちろと揺らいでいる大きな蠟燭《ろうそく》の星々のこと。試し弾きしているパイプオルガンのこと。通り過ぎていく教会の用務員のこと。びっくり箱みたいなリュスのハンドバッグのこと、それを、ピエールはずうずうしく指で撫《な》でまわしていた。ふたりとも、なんでもないことに熱中して楽しんでいた。かわいそうな子供たちのどちらにも、自分たちを引き離すに違いない運命から逃れようという考えは、いささかも頭になかった。戦争に抵抗すること、一国民の流れに勇敢に立ち向かうことは、堅い殻でふたりを覆《おお》い保護しているこの教会を持ち上げるのと同じことだった。ただひとつの救いは、忘れること、最後の瞬間まで、この最後の瞬間は永久に来ないだろうと心の底で願いながら、忘れ去ることだった。その瞬間まで、幸せでいることだった。

　教会を出ると、おしゃべりしながら、リュスはピエールの腕を引っ張った。たった今通り過ぎたばかりのショーウインドーをちらっと見るためだ。一軒の靴屋だった。かかとが高く、紐でしめる、一足の上等の革の編み上げ靴を、リュスがやさしく目で愛撫しているのを、ピエールは見た。

「きれいだなあ！(注16)」と、ピエールは言った。

　リュスは言った。

「愛くるしいわ！(注17)」

　ピエールは、その言い方に笑った。リュスもまた笑った。

「大きすぎないかなあ？」

「いえ、ぴったりよ」

「じゃあ、あれを買うことにすれば？」

　リュスは、その考えを断ち切るように、ピエールの腕を取って前方に引っ張った。

「お金持ちでなくっちゃ。(『キャピュシーヌを踊りましょう(注18)』の一節を口ずさんで……)〝でも、それは、あたしたち用じゃないわ！〟」

「どうして？　シンデレラは、ちゃんとガラスの上靴を履《は》いてたよ！（注19）」

「あの頃には、まだ妖精たちがいたわ」

「この頃だって、やっぱり恋人たちはいるよ」

リュスは歌うように小声で、

「いいえ、あなた、いけないわ！」と答えた。

「どうして、ぼくたち友だちなのに？」

「だからこそ、いけないのよ」

「だからこそ？」

「そうよ、だって、お友だちからは受けとれないわ」

「それじゃ、嫌いな人からならいいの？」

「というより、感情的なつながりのない人からならね、たとえば、あたしの画商とか。あの守銭奴が、内金を前払いする気になってくれるんなら！」

「でもね、リュス、ぼくもあなたに絵の注文をする権利、ちゃんとあるんですよ、欲《ほ》しければね！」

リュスは立ち止まって、ぷーと吹きだした。

「あなたが、あたしの絵を？　まあ、お気の毒に、あたしの絵をどうなさるおつもり？　あなた、ご立派だったのよ、あれを見てくださっただけでも。あたし、よく分かってるわ、あんな下手くそな絵、パンくずみたいなものよ。あなたの喉につまるわ」

「全然！　とても可愛いのがあるよ。それに、それがぼくの好みだとしたら？」

「あなたのお好み、昨日からずいぶん変わったのね！」

「変わっちゃいけない？」

「いけないわ、お友だちどうしのときは」

「リュス、ぼくの肖像を描《か》いてよ！」

「おやおや、この人の肖像ですって、今度は！」

「いえ、ほんとに本気なんですよ。ぼくだって、あのバカどもくらいの価値はある……」

リュスは、無意識のうちに、思わずピエールの腕をつかんだ。

「いとしい人！」

「何ていったの？」

「何にも」

「ぼく、はっきり聞こえたよ」

「じゃ、内緒にしておいて！」

「いや、ぼく、内緒になんかしない。二倍にしてお返しするよ……　いとしい人！……　いとしい人！……　ぼくの肖像を描《か》いてくれるよね？　いいですね？」

「写真を一枚、持ってらっしゃる？」

「ううん、持ってないよ」

「それじゃ、どうすればいいかしら？　街中《まちなか》であなたを描《か》くなんてできないわ」

「あなた、ぼくに言ってたよね、家じゃ、ほとんど毎日ひとりだって」

「ええ、母が工場で働いている日はね……　でも、あたし、できないわ……」

「ぼくたちが見られるのが、心配なの？」

「いいえ、そんなことじゃないの。お隣の人なんていないんですもの」

「じゃ、何が心配なの？」

リュスは答えなかった。

ふたりは、駅前広場に着いた。まわりには、ほかにも電車を待っている人たちがいたが、ふたりのことは、ほとんど誰も目に留めていなかった。霧が、この可愛いカップルを相変わらず孤立させていたのだ。リュスはピエールの目を避けていた。ピエールは、リュスの両手を取り、やさしく言った。

「いとしい人、心配しないで……」

リュスは目を上げた。そして、たがいに見つめ合った。どちらの目もほんとうに誠実だった！

「信じてるわ」と、リュスが言った。

そしてリュスは目を閉じた。自分がピエールにとって、かけがえのない神聖な存在であるのを感じていた。

ふたりは手を離した。電車がでるところだった。ピエールの眼差しがリュスに問いかけていた。

「何曜日に？」と、ピエールは尋ねた。

「水曜日に」と、リュスは答えた。「二時頃、いらして……」

発車の時になって、リュスは本来のいたずらっぽい微笑《ほほえみ》を取り戻した。ピエールの耳元に、リュスはそっとささやいた。

「でも、やっぱり、あなたのお写真持ってらしてね。写真なしに描《か》けるほど腕がいいわけじゃないの……　ええ、ええ、そうよ、あたし分かってるわ、ちゃんと写真をお持ちだってこと、意地悪で、可愛いいたずら好きさん！」

――＊――

マラコフ(注20)の向こうだった。空き地であちこち分断され、前歯が欠けたようになったいくつもの通り、空き地の向こうは周辺に広がるうす汚い野原に紛《まぎ》れて見えなくなっていたが、その野原の板塀で囲まれたところに、屑屋の掘っ立て小屋が、所狭しと立ち並んでいた。どんより曇った灰色の空が、色のない大地の上に長々と寝そべっていて、その大地の痩《や》せた脇腹からは、靄《もや》が立ち込めている。空気が凍てついている。家はたやすく見つかった。通りの片側に、三軒しかないからだ。その三軒のいちばん奥がそうで、向かい側に家はない。二階建てで、生け垣に囲まれた小さな中庭と、二、三本の生育の悪い小灌木《かんぼく》と、雪に埋もれた四角い菜園がある。

ピエールは、少しも音を立てずに入っていった。雪が足音を消したのだ。それでも、一階のカーテンが動き、入り口までくると、ドアが開き、リュスが敷居のところに立っている。玄関の薄明かりのなかで、締めつけられたような声で、ふたりは、こんにちは、いらっしゃい、の挨拶をかわす。それから、リュスはピエールを食堂がわりに使っている最初の部屋に通す。リュスが絵を描《か》いているのは、この部屋だ。窓辺に、画架が据えられていた。初めは、ふたりは何を言っていいのか、分からない。ふたりとも、今日会うことについて、前もって考えすぎるほど考えてきた。用意していた言葉は、ひとつも口をついてでたがらない。そして、家に誰もいないにもかかわらず、ふたりはひそひそ声で話す。――家に誰もいないからこそ、そうなるのだ。おたがい数歩離れて、身を固くして、じっとすわっている。ピエールはコートの襟を下ろそうとすらしなかった。ふたりは、天気が寒いことや、電車の時刻のことについておしゃべりする。自分たちのバカさかげんが、悲しくなる。

ようやくリュスは、やっとの思いで、ピエールが写真を持ってきたかどうかを尋ねる。ピエールがポケットから取りだしたとたん、ふたりとも活気を取り戻す。この数葉の写真が仲立ちになって、写真の上に顔を寄せ合い、ふたりはおしゃべりする。もうまったくのふたりっきり、というわけじゃない、自分たちを見つめているいくつかの目がある。その目はちっとも邪魔にならない。ピエールはいいことを（茶目っ気からじゃなく）思いついて、三歳からの写真を全部持ってきた。そのなかに、短いスカートをはいておしゃまに写った一枚がある。リュスは、嬉しくなって笑う。その写真に向かって、滑稽な甘えたような幼児語で話しかける。女性にとって、いとしい男性のごく幼かったときの姿を見ることほど、心楽しいことがあるだろうか？　リュスは心のなかで、幼いピエールをあやし、乳房をふくませる。それどころか、自分が身ごもったのだと、夢見かねないほどだ！　さらに（リュスには、ちゃんと分かってのことだが）、それをいい口実にして、大人には言えないことを、ごく幼いその人に語りかける。どの写真が好きかとピエールが尋ねると、リュスは躊躇《ちゅうちょ》せず答えた。

「この可愛い豆紳士のにするわ……」

なんてまじめそうなんだろう、もうこの頃から！　今以上に、と言っていいくらいだ。たしかに、もしリュスが、思い切って（実際、思い切るのだが）、比較するために、今のピエールをまじまじと眺めれば、ピエールの目のなかに、幼年時代には見られない打ち解けた子供っぽい喜びの表情が見てとれるだろう。というのは、このブルジョワの幼い箱入り息子の目は、籠の鳥たちみたいなもので、光に欠けているからだ。そして、光は射してきた、そうですよね、リュスが？……

今度は、ピエールがリュスの写真を見せてほしいと頼む。リュスは、太く編んだお下げ髪にして、小犬を腕に抱きしめている六歳の女の子の写真を見せる。その頃の自分の姿を見ながら、リュスはいたずらっぽくこう思う、あの頃も今とそれほど違わない仕方で愛していたのね、心のすべてをあたしのピエールに、あたしの小犬に、すでに与えていたんですもの、それって、ピエールが現れる前にすでにピエールに与えていたってことよね。リュスは、おしゃまな、ちょっと気取った様子で首をかしげている、十三、四歳の少女の写真も見せた。幸い、その写真でも、唇の隅に、軽いいたずらっぽい笑みを浮かべ、こう言っているように思えた。

「ね、あたし、ふざけてるでしょう。まじめくさってなんかいないでしょう……」

今では、ふたりとも気詰まりな思いをまったく忘れてしまっていた。

リュスは肖像の粗描をし始めた。ピエールはもう身動きしてはいけなかったし、唇の端でものを言うよりほかなかったので、リュスがほとんどひとりで話していた。リュスは、本能的に沈黙を恐れていた。まじめな人たちが、少し長く話しているうちによくそうなってしまうのだが、結局リュスは、語るつもりなどまったくなかった自分の生活や身内の内輪話を、早々と打ち明けはじめた。リュスは、自分が話しているのを聞きながら、びっくりしていた。しかし、もう話を元に戻すすべはなかった。ピエールの沈黙自体が、水の流れる斜面のようなものだった……

リュスは田舎での幼い頃の話をした。トゥーレーヌ地方の生まれだった。母親は、富裕なブルジョワ階級の良家の出だったが、小作人の息子の小学校教師に恋をしてしまった。ブルジョワの一家は結婚に反対したが、恋するふたりは意地になっていた。娘は、法定年齢まで待って、結婚通知を送った。その結婚以来、家族のものたちは娘との絶縁を望んだ。若い夫婦は、愛情と困窮の数年を暮らした。夫は仕事に憔悴《しょうすい》し切り、そしてついに、病気になった。妻は、この新たな負担を、健気《けなげ》にも引き受け、ふたり分働いた。妻の両親は自尊心を傷つけられ依怙地《いこじ》になって、娘にどんな経済的な援助をするのも拒否していた。病人は、戦争の始まる数カ月前に死んだ。母もリュスもふたりとも、母の実家とよりを戻そうとはしなかった。実家では、もし娘が和解の申し出をしていたら、それはしたことの過ち、、、を認めた(*mea culpa*《メア　クルパ》)と受け取っただろうから、孫娘を引き取っていただろうに。しかも実家はそれを待っていたかもしれない！　が、こちらにすれば、むしろ石にかじりついてでも！　という心境だった。

ピエールはこのブルジョワ階級の両親の頑《かたく》なな心に驚いたが、リュスは別におかしなことだとは思っていなかった。

「こんな人たちって、たくさんいるって思わない？　意地が悪いっていうんじゃなくて。そうなのよ、きっと、あたしのお祖父さんやお祖母さんにしても意地悪くなんかないのよ、それどころか辛い思いさえしてたんだわ、あたしたちに『帰っておいで！』って言えずにいることで。でも、あの人たち、あまりにもプライドが傷つけられたのね！　それに、あの人たちのあいだでプライドといえば、高いプライドしかありえないのよ。プライドがほかのすべてに優越するの。あの人たちに迷惑をかけたとすると、あの人たちにかけたその迷惑だけですまないの、一切合財が迷惑ということになるの。要するに、ほかの人たちが間違っていて、断固、自分たちは正しいってわけ。だから、あの人たちは、意地悪でなく、――（そう、じっさい意地悪なんかじゃないわ）、――自分たちがひょっとしたら間違っているかもしれないなんて認めるくらいなら、むしろ、相手がじわじわと苦しみながら死んでいくのを、そばにいて、見殺しにするでしょうね。ああ！　あの人たちだけじゃないのよ！　ほかにもたくさん、そんな人を見てきたわ！……ねえ、あたし間違っているかしら？　あの人たちだって、そんなもんじゃないかしら？」

ピエールは考えにふけっていた。そして感動に我を忘れていた。なぜなら、こんなふうに思っていたからである。

「ほんとにそうだ。あの人たちだって、そんなものなんだ……」

ピエールには、とつぜん、この少女の目を通して、自分が属しているブルジョワ階級の心の貧しさ、砂漠のような潤いのなさが見えてきた。この干からびて痩せた土地は、生命の液を少しずつ全部飲み干してしまい、蘇らせるということをもはやしない。まるで豊かな大河が、一滴ずつ、ガラス質の砂地のなかに逃れ去ってしまったあのアジアの諸地方のように。ブルジョワ階級の人たちは、自分たちが愛していると思っている人々をさえ、所有者として愛しているので、自分たちのエゴイズムや、依怙地《いこじ》なプライドや、偏狭で頑《かたく》なな知性のために、犠牲にしてしまう。ピエールは、両親や自分自身のことを省《かえり》みて、悲しくなった。ピエールは黙りこくっていた。部屋のガラス窓が、遠くの砲声でびりびりと震えた。ピエールは、戦死していく人たちのことを思い、辛そうに言った。

「あれも、連中の仕業なんだ」

そうだ、ずっと向こうのあの大砲のしゃがれた咆《ほ》え声、世界戦争、大惨事、——その責任をたっぷりと分担しているのは、自惚《うぬぼ》れが強くて偏狭なあのブルジョワ階級の枯渇した心と非人間性だった。そして今や（それは当然だったが）、鎖を解きはなたれた怪物は、もはや、このブルジョワ階級を食い尽くしてしまわないかぎり、やめないだろう。

そして、リュスも言った。

「そのとおりよ」

というのは、リュスは、自分でもそうとは気づかずに、ピエールの思いの後を追っていたからだ。ピエールはこの反応にびくっとした。

「そうだ、そのとおりだ」と、ピエールは言った。「そのとおりだよ、今起こっていることはみんな。この世界は歳を取り過ぎたんだ。滅びることになっていたんだ。きっと滅びるよ」

するとリュスは、頭を垂れて、悲しげな諦めたような様子で、もう一度言った。

「そうよ」

運命の下に身をかがめた子供たちの深刻な顔。その若々しい額に寄せられた皺には、憂いが刻みこまれていたが、こんなにも悲嘆に暮れた思いを宿していたのだ！……

部屋のなかに夕闇が忍んできた。あまり暖かいとはいえなかった。リュスは、手がかじかんだので仕事をおいたが、その出来をピエールは見せてもらえなかった。ふたりは窓辺に寄り、淋しげな野原や、樹木の茂った丘に迫る夕暮れを、じっと眺めた。紫色の森は、薄い金粉をまぶしたような緑色の空に、半円形を描いていた。いくぶんかピュヴィ・ドゥ・シャヴァンヌ(注21)の魂が、漂っていた。リュスの口にした素朴なひとことは、このひそかな諧調を読み取るすべを、リュスが知っていることを示した。ピエールは、驚かんばかりだった。リュスは気を損ねたりせず、表現できないことでも感じることはできるものよ、と言った。リュスが描《か》くのは下手だとしても、すべてが本人の責任というわけでもなかった。たぶん倹約ということを誤解したのだろう、リュスは装飾美術学校《レ・ザール・デコラティフ》での教育を終えていなかった。それに、貧しさだけが、リュスに絵を描《か》かせるようにしむけたのだった。描《か》きたいという欲求もなしに、どうして描《か》くのか？　ピエールは、思ってはいなかったか？、芸術をやっているほとんどの人々が、真に必要だからというのでなく、見栄か、暇つぶしのために芸術をやっている、もしくは、最初のうちは必要だと思っているが、そのうちそれが間違いだったということを認めたくないがゆえに芸術をやっているのだ、と。感じていることを自分のために仕舞っておくことが絶対にできない場合、つまり感じていることが多すぎる場合にのみ、初めて芸術家になれるはずなのに。しかし、リュスは言った、ちょうどひとり分なら持ち合わせてるわよ、と。そして、こう言い直した。

「いいえ、ふたり分よ」

（ピエールが不満そうに口をとがらせたので。）

空の美しい金色が、褐色を帯び始めた。人気《ひとけ》のない平野が、悲しげな表情を見せだした。

ピエールはリュスに、こんなふうにひとりぼっちでいて、怖くはないの、と尋ねた。

「いいえ」

「帰りが遅くなるときは？」

「危険はないわ。ならず者《アパッシュ》たち（注22）も、ここまでは来ないの。あの人たちには、あの人たちのしきたりがあるのよ。あの人たちもブルジョワですもの。それと近所に、ほらあそこだけど、屑屋《くずや》のお爺さんとお爺さんの犬がいるわ。それに、ほんとにあたし怖くないの。あら！　あたし、自慢してるんじゃないのよ！　そんなこと、ちっとも感心するようなことじゃないわ。あたし、健気《けなげ》なんかじゃないもの。ただ、まだ本当に恐ろしいことに出会ったことがないのね。本当に恐ろしい目にあった日には、あたし、多分、ほかの女の子よりも、もっと臆病になるでしょうね。いつか、本当の自分が分かることもあるかしら？」

「ぼくにはね、ぼくには、あなたがどんな方か分かってますよ」と、ピエールは言った。

「あら！　それは、ずっとたやすいことよ。あたしだって、あたしだって分かってますわ……　あなたのことなら。他人《ひと》のことは、いつだってよく分かるものなのよ」

夕暮れの湿っぽい凍るような寒さが、閉じた窓ガラスを通して入って来ていた。ピエールは小さく身震いした。ピエールのうなじの身震いをすぐさま感じとったリュスは、駈けていって、一杯のココアを用意し、アルコール・ランプで温めた。ふたりして、おやつを食べた。リュスは、母親のように、ピエールの肩の上に自分のショールを掛けてやった。ピエールはされるがままになり、猫のように、布地の温もりを楽しんでいた。ふたりの想いは、ふたたび流れだし、リュスが中断していた身の上話に立ち帰った。

「たったふたりっきり、お母さんとあなただけだとすると、きっと、ほんとうに仲がいいんでしょうね？」

「ええ」と、リュスはいった。「とってもよかったわ」

「よかった、って？」おうむ返しに、ピエールが言った。

「あら！　今だってずっと愛し合ってるわ！」と、リュスは言った、思わず洩《も》らしたその言葉に、ちょっとばつの悪そうな様子をして。（いつものことだけど、なぜ言うつもりでないことまで話したのだろう？　しかも、ピエールは尋ねてはいなかったのに、尋ねられないでいたのに。しかし、ピエールの心がリュスに問いかけているのが、リュスには見てとれた。それに、心を打ち明けるのはいいことだ、それまで一度もできなかった場合には！　家の静けさ、部屋の薄暗がりが、リュスに心の内を明かす気にさせていた。）リュスは言った。

「四年前から何が起きているのか、分からないの。みんな変わってしまったわ」

「お母さんか、でなければ、あなたが変わったという意味？」

「みんなよ」と、リュスはもう一度言った。

「どんな点で？」

「言えないわ。いたるところで、おたがい知り合いだった人たちのあいだや、家族のなかでさえ、人間関係はもう以前と同じじゃないって感じるの。もう何も確信が持てなくなってるの。毎朝、こう思うのよ、《夕方、あたしに見えるのはどんなことかしら？　あの人を、ちゃんと見分けられるかしら？》水のなかで、一枚の板の上にしがみついているようなものよ、今にもひっくり返りそうになりながらね」

「いったい、何が起こったの？」

「分からないわ」と、リュスは言った。「あたし、説明できないんです。でも、戦争が始まってからね。ただならぬ気配ですもの。みんなが動揺をきたしてるわ。それぞれの家庭で、誰が欠けてもいけなかったはずの人たちが、今では、めいめい勝手な方向に去っていくのが見えるの。そして、めいめいが、まるで酔っぱらったように、跡を嗅ぎまわりながら、走っているのよ」

「いったい、どこへ？」

「分からないわ。それに、あの人たちだって、分からないと思うわ。偶然と欲望によって駆り立てられる所へよ。女たちは愛人を作り、男たちは妻を忘れるの。それも、日頃は、とても物静かで、とてもきちんとしてるように見えていた、いい人たちがよ！　いたるところで、崩壊した夫婦の噂を耳にするわ。親子のあいだだって、同じ。あたしの母は……」

リュスは言葉を切ってから、続けた。

「母には、母の人生があるわ」

リュスは、また言葉を切った。

「あら！　しごく当たり前のことよ！　母はまだ若いんですもの。かわいそうなお母さん、あんまり幸せじゃなかったものね。愛情を、いっぺんに使い切ったりしてなかったのよね。人生をやり直したいと思う権利はあるわ」

ピエールは尋ねた。

「お母さんは、再婚を望んでらっしゃるの？」

リュスは首を振った。よくは分からなかった……　ピエールは無理に聞くことはしなかった。

「母は、相変わらずあたしのことを愛してるわ。でも、もう以前のようじゃないの。今では、あたしがいなくても平気なの……　かわいそうなお母さん！　母はどんなに恥入ることでしょう、あたしにたいする愛情が、心のなかで、もう一番じゃないと分かったら！　決して、そのことを認めようとはしないでしょうけど……」

なんておかしなものなんだ、人生って！

リュスは、やさしげで、悲しげで、そしていたずらっぽい微笑《ほほえみ》を浮かべていた。テーブルについたリュスの両手の上に、ピエールはやさしく自分の片方の手を置いて、そのままじっと動かずにいた。

「かわいそうな人たち」と、ピエールは言った。

リュスは、間《ま》をおいてから、

「あたしたちは、何て安らかなんでしょう！……　ほかの人たちが、熱に浮かされているというのに。やれ、戦争だ。やれ、工場だ。もう、やたらせかせか、大急ぎよ。働くぞ、生きるぞ、楽しむぞって……」

「そう」と、ピエールは言った。「束の間の時間だから」

「なら、なおさら走らないことよ！」と、リュスはいった。「終点に早く着きすぎるわ。小刻みに歩きましょうよ」

「でも、走っているのは時間ですよ」と、ピエールは言った。「時間をしっかり捕まえなくちゃ」

「捕まえてるわ、捕まえてるわよ」と、ピエールの手を取りながら、リュスは言った。

このように、ふたりは、かわるがわる愛情をこめ、真剣な表情で、まるで昔からの親友みたいに、しゃべっていた。それでも、ちゃんと気をつけて、いつもあいだにテーブルをはさんでいた。

ふと、ふたりは、夕闇に部屋が暗くなっているのに気がついた。ピエールは、慌てて立ち上がった。リュスは、一切引き止めようとはしなかった。束の間の時が、過ぎ去ったのだ。ふたりは、この後に来るかもしれない時間を恐れていた。ふたりは、ピエールが家に入って来たときと同じ遠慮深さで、同じ小さな締めつけられたような声で、別れの挨拶を交わした。戸口のところで、手を握り合うのがやっとだった。

しかし、ドアを閉めて、庭をでようとしたところで、ピエールが一階の窓のほうを振り向くと、最後の夕映えに照り返されて、赤銅色に染まった窓ガラスのなかに、ぼんやりとしたほの暗い光に包まれ、情熱的な顔つきで、自分の姿を追い求めているリュスのシルエットが見えた。そこでピエールは、窓のところに引き返すと、閉ざされた窓ガラスの上に、自分の口を押しあてた。ふたりの唇は、ガラスの壁越しに合わさった。それから、リュスは部屋の暗闇のなかに後ずさった。そしてカーテンがふたたび下りた。

――＊――

二週間このかた、ピエールとリュスには、世界で何が起こっているのか、もはやさっぱり分からなかった。パリでは、ひっきりなしに、逮捕されたり有罪判決が下されたりしていたかもしれない。ドイツが、かつて調印した条約を履行したり破棄したりしていたかもしれない。政府は嘘をつき、新聞は罵詈雑言《ばりぞうごん》を浴びせ、軍隊は殺戮をしていたかもしれない。ふたりは新聞を読んでいなかった。戦争が、あたかもチフスかインフルエンザのように、まわりのどこかに存在しているということは知っていた。しかしそんなことは、ふたりに関わりのないことだった。そんなこと、考えたくもなかった。

が、その夜、ピエールとリュスの頭に、戦争のことが浮かんだ。ふたりともすでに床についていた（日中、相手を思いやりすぎていたので、ふたりとも、夜になると疲れ切っていた）。ピエールもリュスも、それぞれ自分の地区で警報を聞いたが、起きることを拒んだ。嵐の際に子供がするように、ベッドのシーツの下に、頭からすっぽりもぐりこんだ、――決して恐いからではなく（自分たちの身には何事も起こらないと確信していたから）、――夢見るためだ。リュスは、夜の闇のなかで、空気が轟《とどろ》くのを聞きながら、考えていた。

「あの人の腕のなかで、嵐が過ぎ去っていくのを聞くのだったらいいのに！」

ピエールは耳をふさいでいた。何ものも、自分の想いを乱しませんように！　ピエールは、記憶の鍵盤の上に、昼間の歌を、リュスの家に入った最初の瞬間から糸をひくように流れた美しい時間の調べを、もう一度、紡《つむ》ぎだそうとしていた。リュスの声や仕草のほんのちょっとした変化、ピエールの眼差しが大急ぎで次々と捉えた数々の映像、――瞼の陰影、まるで水面のさざ波のように皮膚の下を伝わった感動の波、一条の光のように唇の上に浮かんだ微笑《ほほえみ》、差し伸べられた柔らかな両手にじかに取られ、上下に包みこまれた自分の手のひら、――こうした貴重なひとコマひとコマを、恋のもつ魔法の空想力が、ただひとつの抱擁のなかにとり結ぼうと努めていた。戸外の騒音が侵入してくるのを、ピエールは許せなかった。ピエールにとって、外の世界は迷惑な訪問客だった……　戦争だって？　分かってる、分かってるよ。戦争がそこにいるって？　待たせておくさ！……　そこで戦争は、戸口のところで待っていた、辛抱づよく。戦争には分かっていた、ほどなく自分の番が来るということが。ピエールだって、そのことは知っていた。だからこそ、自分のエゴイズムを恥ずかしいとは思わなかった。死の波がピエールをさらおうとしていた。だから、ピエールは、前もって何も支払うつもりはなかった。何も。債権の期日がきたとき、死のほうで、もう一度出直してくればいいさ！　その時まで、死は黙っているがいい！　ああ！　せめてそれまで、ピエールはこの素晴らしい時間を、一時《いっとき》だって無駄にはしたくなかった。一刻一刻が金の粒で、ピエールはその宝物を撫《な》でさする守銭奴だった。これは、ぼくのものだ、ぼくの財産だ。ぼくの平和に、ぼくの愛に触れないでくれ！　それまでは、ぼくのものなんだから……　で、その時が来たら？　――ひょっとしたら、その時は来ないかもしれないぞ！　奇跡？……　――それが、どうして起こらないっていうのさ……？

さしあたって、時間と日々の大河は流れ続けていた。新たな曲がり角にさしかかるごとに、急流のたてる轟きが近づいてきた。小舟のなかに身を横たえて、ピエールとリュスは耳を傾けていた。けれど、ふたりはもう恐くはなかった。この急流の大きな響きでさえ、パイプオルガンの低音のように、ふたりの愛の夢を揺すり、あやしていた。深淵がそこまで来たら、目を閉じるだろう、もっとぴったり身を寄せ合うだろう、すべてが一挙に片付くだろう。深淵のおかげで、これから先の人生、あり得たかもしれない人生について、つまり出口のない未来について、考えることをせずにすんだ。というのは、リュスは、ピエールが自分との結婚を望めば遭遇するだろうかずかずの障害を予感していたし、ピエールにしても、それほどはっきりとではないが（ピエールは、リュスほど物事をはっきりさせることが好きではなかった）、そうした障害を懸念していた。そんなに遠くの方を眺めないようにしよう！　深淵のあとにくる人生は、教会で語られる例の《来世》のようなものだった。そこでまた再会するだろうという話だが、さほど確かなことではない。ただひとつ確かなこと、それは今現在。わたしたちの現在。ともかくも、このわたしたちの現在に、永遠なるもののわたしたちの持ち分全部を注ぎこもう。

　ピエールよりも、なおいっそう、リュスはニュースに疎かった。戦争はリュスの関心外だった。社会生活を織りなすありとあらゆる悲惨さに、もうひとつ悲惨さが付け加わったものだ。そんなことに驚いているのは、裸の現実を避けていられる人たちだけだ。早熟な人生経験から、日々のパン、――*panem quotidianum*《パーネム・クォティーディアーヌム》…（神は、それをただではお与えにならない！）、――のための戦いを知っていたこの少女は、ブルジョワの恋人ピエールに、かわいそうな人々、とりわけ女性たちに対して、平和という虚言のもとに陰険に休みなく君臨する凶暴な戦争というものの正体を、明らかにしてみせた。しかしリュスは、ピエールを悲しませてはいけないと思い、そのことについてはあまり話さなかった。リュスは、自分の話がピエールに与えた衝撃の強さを見て、ピエールをやさしく思いやりながらも、自分のほうが大人だと感じた。大多数の女性と同じようにリュスは、人生のいくつかの醜さに対して、この青年を動転させている肉体的、精神的な嫌悪を感じてはいなかった。リュスには、反抗者の要素がまったくなかった。最悪の状況でも、嫌な仕事を、嫌がらずに引き受け、そしてしごく平静に、小ざっぱりと、一点の汚れもないまま、仕事をやり終えることができただろう。なのに、今では、もうそうすることができなかった。なぜなら、ピエールを知るようになってからというもの、ピエールへの愛ゆえに、この恋人の好き嫌いがリュスの心にしみ込んでしまったからである。がもとより、それはリュスの本性ではなかった。リュスは、穏やかで陽気な種族に属していて、決してペシミストではなかった。ふさぎこんだりとか、人生から超然とした、もったいぶった態度とかはリュスの柄ではなかった。人生は人生、あるがままよ。あるがままの人生を受け取りましょう！　もっと悪かったかもしれないんだもの！　やりくり算段しているうちに、特に戦争以来、つねに経験してきた生活の浮き沈みが、明日を思い煩うことなかれ、ということをリュスに教えた。この自由なフランス娘に、来世への気がかりは一切無縁だった。この娘には、この人生だけで充分だった。リュスはこの人生を美しいと思っていた。しかしそれは一本の糸に繋《つな》がれていて、ほとんど切れかかっているので、明日なにが起こるかに思い悩む必要は、本当のところないわけだ。あたしの目よ、通りすがりにおまえに降り注ぐ日の光を飲み干すがいい！　そして、そのあとで来るものについては、あたしの心よ！　信頼して、流れに身をお任せ！……　ほかにやりようがない以上はね！……　それに愛し合っている今、それが何より素晴らしいことじゃない？　リュスにはちゃんと分かっていた、こんな素晴らしいことが長くは続かないだろうということが。でも、リュスの生命《いのち》にしたって、長くは続かないだろうし……

リュスは、自分を愛している、そして自分も愛しているこの青年と、ほとんど似たところがなかった。この青年ときたら、やさしくて、熱烈で、線が細く、幸福でそれでいて不幸で、いつも過度に喜んだり悩んだり、始終、情熱的に身を捧げたりいきり立ったりしていた。そしてリュスには、自分とほとんど似ていないというまさにその理由のゆえに、この青年がいとしかった。しかしふたりとも暗黙の合意のうちに未来を見ないようにしていた。ひとりは、流れに任せながらせせらいでいる小川の気楽さから。いまひとりは、現在の深淵のなかに飛びこんで、もはや二度とそこから出るまいという高揚した否定から。

――＊――

兄が、数日間の休暇をもらって、戻ってきていた。その最初の晩から、家族の雰囲気に、何か違ったものがあるのに気づいた。それが何か？　言おうとしても、言えなかったろうが、何かしら気に障るものを感じていた。精神には、意識が対象に触れる前に、遠くから感知するアンテナが備わっている。そしてもっとも感度のいいアンテナは、自尊心のアンテナである。フィリップのアンテナは、揺れ動き、探し求め、そして訝《いぶか》しく感じていた。自分のアンテナには触れない、何かがあった……　いつもと同じように賛辞を捧げてくれる愛情の輪がなかったわけでない、――けちけちと出し惜しみしながらの話に、注意深く耳を傾ける聴き手たち、――感動し、ほろりとして、じっと自分を見つめている両親、――それから、弟は？……　ちょっと待てよ！　そうだ弟だ、そうだとも、呼びかけに応えなかったのは。

弟は、確かにちゃんといた、がしかし、兄へのこまやかな気配りが欠けていた。弟はいつものようには求めてこなかったのだ、兄が弟に拒んでは楽しんでいた打ち明け話を。憐れむべき自尊心！　以前には、弟の熱心な質問に対して、一種の保護者ぶった、からかい半分の、もううんざりだよ、といったふうを装っていたフィリップが、今度は、弟が質問してこないことに気を悪くしていた。そして兄のほうから、なんとか質問を引きだそうとした。兄はいつもより饒舌《じょうぜつ》になり、おれの話はおまえのためなんだということを、それとなく分からせようとするように、ピエールをじっと見つめていた。ほかのときだったら、ピエールは喜びにわくわくし、自分に向かって投げられたハンカチをすばやくつかんだろう。だがピエールは、拾いたければフィリップひとりに、平然と拾わせておいた。フィリップは、むっとして、皮肉を言ってみた。ピエールは、うろたえるどころか、少しも変わらない屈託のない調子で、落ち着いて受け答えした。フィリップは、議論に持ちこみたくて、興奮したり、長広舌をふるったりした。数分後には、フィリップは、自分ひとりが長々と力説しているのに気づいた。ピエールは兄がしゃべっているのを眺めていたが、さもこんなふうに言っているようだった。

「さあ、どうぞ、兄さん！　そんなことで楽しいのなら！　続けてください！　ぼく、聴きますよ……」

軽く浮かんだ傲慢な微笑《ほほえみ》！……　役割が逆転してしまっていた。

フィリップは、屈辱を感じて、黙りこんだ。そしていっそう注意ぶかく弟を観察したが、弟はもはや自分のことを気にかけてはいなかった。弟のやつ、なんて変わってしまったんだ！　毎日ピエールを見ている両親は、何も気づいていなかったが、フィリップの鋭い、加えて嫉妬にみちた目には、数カ月の留守を経た今、馴染《なじ》みの表情がもはや見いだせなかった。ピエールは、幸せそうで、物憂げで、そそっかしくて、ぼんやりして、人のことに無関心で、物事には不注意で、まるで女の子みたいに、官能的な夢のような気分のなかをふわふわ漂っている、といった様子だった。そしてフィリップは、弟の頭のなかでは自分はもはや取るに足らない存在だと、感じた。

フィリップは、他人の観察に劣らず自己分析も巧みだったので、すぐさま忌々しいと思う気持ちを自覚し、自嘲した。自尊心はひとまず脇にのけて、ピエールに興味を向け、その変身の秘密をさぐった。ピエールに告白を促したかったろうが、それはフィリップには不慣れな仕事だった。しかも、弟の方には、打ち明けたいという思いはまったくないように思えた。ピエールは、フィリップが不器用に自分の方に手を差し伸べようと努力しているのを、無頓着な、皮肉のこもった無遠慮さで眺めていた。そして両手をポケットに入れて、笑みを浮かべながら、心ここにあらずといった具合で、軽く節をつけて口笛を吹きながら、尋ねられたことをよく聞きもしないで、曖昧に返事し、――それからすぐにまた、自分だけの世界に戻って行くのだった。バイバイ、って！　ピエールは、もうそこにはいなかった。捉えたのは、指のあいだから逃げていく、水に映ったピエールの影だけだった。——そして、フィリップは、見向きもされなくなった愛人のように、自分が失った弟の心の価値を今になって感じ、その心の秘密に魅入られていた。

その謎を解く鍵が、偶然、手に入った。フィリップが、夕暮れ時、モンパルナス大通りを通って帰宅する途中、暗がりのなかで、ピエールとリュスとにすれちがった。気づかれたのではないかと、心配したが、ふたりとも周囲のことをほとんど気にかけていなかった。ぴったりと寄り添い、ピエールはリュスと腕を組み、リュスの手を取り、おたがいの指をからませ、ファルネジーナ荘の婚姻の床に横たわるエロースとプシューケー(注23)の、あの貪欲な飽くことを知らぬ愛情さながら、小刻みに歩いていた。眼差しによる抱擁は、ふたりを、ひとかたまりの蠟《ろう》のように、ただひとつに溶けこませていた。フィリップは、木にもたれて、ふたりが通り過ぎて行くのを、立ち止まるのを、それからまた歩きはじめ、夜の闇のなかに消えていくのを、じっと見つめていた。そうするうちに、フィリップの心は、ふたりの子供にたいする憐憫《れんびん》でいっぱいになった。フィリップは、思った。

「おれの人生は犠牲にされた。それはよかろう！　だが、あの子たちの人生まで取り上げるのは、不当だ。せめておれが、あのふたりの幸福と引き換えに、代償を払えたら！」

その翌日、ピエールは、表向きは丁寧に、無頓着を装っていたにもかかわらず、実を言うとすぐにではなく、じっくり考えてからのことだったが、兄の自分にたいする愛情のこもった口調に、漠然と気づいた。それで、なかば目を覚ましたピエールは、ついぞご無沙汰になっていた兄のやさしい目に出会った。本当に、まじまじとピエールを見つめていたので、ピエールは、その眼差しに詮索《せんさく》されているという印象を受けた。そこでピエールは、不器用にも、大慌てで秘密のうえにシャッターを下ろした。しかしフィリップは、にこやかにほほえむと、立ち上がり、ピエールの肩に手を置いて、ちょっと散歩しないかと言った。ピエールは戻ってきた新たな信頼に逆らえなかった。そこでふたりは、一緒に近くのリュクサンブール公園に行った。兄は手を弟の肩にかけたままだった。弟は、兄弟の結びつきが戻ったことを誇らしく感じていた。弟の口が軽くなった。ふたりは、精神に関するさまざまなこと、読んだ本のこと、人間について考えたこと、新しい経験のことなど、なんでもかんでも活発に話した、——ただし、どちらもが思っていたあの話題だけは除いて。それは、暗黙の了解みたいなものだった。ふたりとも、自分たちのあいだにひとつの秘密をもっていながら、親密に感じ合えるのが嬉しかった。話しながらも、ピエールは、訝《いぶか》っていた。

「兄さんは、知っているのかな?……　でも、そんなはずないんだけど?……」

フィリップは、弟がしゃべっているのを、ほほえみながら眺めていた。ついに、ピエールが話の途中で言葉を切った……

「どうしたの？」

「いや、何も。おまえを眺めているのさ。嬉しいんだよ」

ふたりは、握手した。家に戻りながら、フィリップが言った。

「幸せかい？」

ピエールは、黙ってうなずいた。

「そうだよな。幸せってのは、素晴らしいものさ。おれの分も幸せになれよ……」

弟の気持ちを乱すまいとして、フィリップは、休暇で戻っているあいだは、ピエールの同年兵が近いうち入隊させられるということを、ほのめかすのは避けた。しかし出発の日、知りすぎるほど知っている試練に、ほどなく弟がさらされるのを見る心配を、口にだして言わずにはいられなかった。この恋する若者の額が、かすかに翳《かげ》った。ピエールは軽く眉をひそめ、煩《わず》らわしい幻影を追い払うかのように、目をしばたき、そして言った。

「ふん！……　もっと先さ！……　そんなこと、誰が知ってるっていうの(注24)？」

「分かりすぎるほど、分かっているのさ」と、フィリップは言った。

「いずれにせよ、ぼくに分かってることは」、兄が強調して言ったことに気を悪くしたピエールは言った。「ぼくが向こうへ行っても、ぼくは、このぼくは人殺しはしないだろうってことだよ」
するとフィリップは、別に反対もせず、悲しげにほほえんだ。それは、集団の抗しがたい力によって、ひ弱な魂たちやその意志がどうなるかを知っていたからだ。

――＊――

三月がまた巡ってきた。日が長くなり、小鳥たちがさえずりはじめた。しかし戦争の不吉な炎は日増しに大きくなっていた。春への期待と、大動乱の予想とで空気は熱っぽかった。怪物のような砲声が大きくなり、幾百万という敵の武器のかちあう音が聞こえてきた。敵軍は、この数カ月、塹壕《ざんごう》の土手に集められていて、津波のように、イル＝ドゥ＝フランス(注25)に、そしてパリ(注26)に、押し寄せようと待ち構えていた。恐ろしい噂の影が、災禍に先駆けて広まっていた。毒ガスとか毒液が空中にまかれ、話によれば、あちこちの地方を襲い、プレ山(注27)の垂れこめた窒息性の雲のように、全滅させてしまうだろう、とかいった途方もない風説だった。爆撃機《ゴータ》の到来は、ますます頻繁になり、パリの神経を巧みに過敏にさせていた。

ピエールとリュスは、自分たちを取り巻く出来事については、依然として何も知りたいとは思わなかった。しかし、重い威嚇的な空気のなかで、知らず知らずのうちに吸いこむ微熱が、ふたりの若い肉体のなかに潜む欲望をかき立てていた。三年にわたる戦争は、ヨーロッパの人々の心のなかに、ふしだらなモラルを広め、もっとも真面目な人々のなかにさえ浸透していた。それに、このふたりの子供たちは、どちらも宗教的な信仰を持っていなかった。しかしふたりとも繊細な心と本能的な恥じらいで守られていた。ただそれでも、人間どもの盲目的な残酷さに引き離されてしまう前に、おたがいに身を与え合おうとひそかに心を決めていた。そのことを口にだして言ったことはなかったが、この夜、口にした。

週に一度か二度、リュスの母は夜勤で工場に残された。そんな夜、リュスは、人気《ひとけ》のない街にひとり残るということのないよう、パリのある女友だちの家に泊めてもらっていた。リュスのことを監視するものはいなかった。ふたりの恋人は、この自由を利用して、夜の一部を一緒に過ごした。そして時折、小さなレストランでささやかな夕食をとった。三月半ばのこの夜、食事を終えてでてくると、警報の鳴るのが聞こえた。ふたりはいちばん近い避難所に逃れた、まるでにわか雨を避けるように。そして、たまたま居合わせることになった人たちの様子を観察して暇つぶしをした。しかし危険が遠ざかったか、避けられたかしたように思われたので、警報解除の知らせは何もなかったが、ピエールとリュスは、あまり遅く帰りたくなかったこともあって、陽気にしゃべりながら、歩きはじめた。ふたりは、サン・シュルピス教会(注28)近くの暗くて狭い旧い通りを歩いていた。とある家の正門のそばにとまっていた一台の辻馬車の横を、今しがた通り越したばかりだった。馬も御者も眠っていた。そこから二十歩の所を向こう側の歩道に渡ったとき、あたりすべてが震動した。ぱっと赤く目が眩《くら》み、落雷のような音とともに建物が崩壊し、引きはがされた瓦と窓ガラスの破片とが、雨のように降り注いできた。通りの急な曲がり角にある一軒の家のくぼみに入って、ふたりは壁にはりつき、抱き合った。閃光を浴びたとき、ふたりはおたがいの目に愛と激しい恐怖を見た。そして、ふたたび訪れた真っ暗闇のなかで、リュスは哀願するように言った。

「いいえ、いけないわ！　あたし、まだだめよ！……」

そしてピエールは、唇の上に、燃えるような唇と歯を感じた。ふたりは、通りの暗闇のなかで胸をどきどきさせながら、じっとしていた。数歩離れたところの、穴をあけられた辻馬車の残骸のなかでは、あちこちの家からでてきた人たちが、瀕死《ひんし》の御者を抱き起こし、血を流しているその気の毒な御者をかかえて、ふたりのすぐそばを通って行った。リュスとピエールは、ぴったりと寄り添い、化石のように固まっていたので、我に返ったとき、ふたりとも生まれたときの姿のままで抱擁していたかのように思えた。ふたりは、まるで木の根っこのように、愛する存在を飲み干そうと、しっかり組み、ぴったり合わせていた手と唇を離した。それから、ふたりとも震えだした。

「帰りましょう！」何か神聖な侵しがたい恐怖に捉えられて、リュスは言った。

リュスはピエールを引っ張っていった。

「リュス、きみは、ぼくをこのままこの世から去らせはしないよね　このまま……？」

「まあ、なんてことおっしゃるの！」ピエールの腕をしっかり取ると、リュスは言った。

「そんなこと考えるなんて、死ぬより悪いことだわ！」

「いとしい人！」と、ふたりは言った。

ふたりは、また立ち止まった。

「ぼくは、いつきみのものになるの？」と、ピエールは言った。

(「いつ、きみはぼくのものになるの？」とは、聞きかねた。)

リュスは、そのことに気づき、感動した。

「大好きよ」と、リュスは言った……「もうすぐよ！　でも、せかさないで！　あたしも、あなたと同じくらい望んでるわ！……　まだこのままでいましょう、もう少しのあいだ……

それがいいわ！……　今月いっぱい、月末まで！……」

「復活祭(注29)まで？……」と、ピエールは言った。

(復活祭は、今年は、三月末日だった。)

「そうよ、イエス・キリストが復活した日よ」

「ああ！　でも」と、ピエールは言った。「復活の前には、死があるよ」

「しっ！」と言いながら、リュスは自分の口で、ピエールの口をふさいだ。

ふたりは、離れた。

「今夜は、ぼくたちの婚約式だね」と、ピエールは言った。

暗がりのなかを、おたがい寄り添って歩きながら、ふたりとも、いとしさに、そっと涙を流していた。歩くそばから、ガラスの破片で地面がジャリジャリきしみ、舗道の石畳には血が流れていた。ふたりの愛のまわりに、死と闇がうずくまっていた。がしかし、ふたりの頭上には、まるで煙突のように狭くるしい通りの両側にそびえる黒い壁ではさまれた上空に、その空の果肉に、魔法の輪のように(注30)、星がひとつ煌《きら》めいていた……

ほら、ごらん！　鐘の音が歌い、ふたたび灯がともり、街が活気づこうとしている！　空気が敵から解放され、パリは息を吹き返す。死は逃げ去った。

— * —

枝《えだ》の主日《しゅじつ》の日曜日(注31)の前日までできた。毎日、何時間もふたりは会っていた。そして、もはや人目を忍ぼうとさえしていなかった。世間にたいして言い訳しなければならないようなことは、もうなかった。ごくごく細い、ほとんど切れかかった糸で、かろうじて世間につながっていた！ ——二日前、ドイツ軍の大攻撃が始まったところだ。ほぼ百キロ地点のあたりに、波状攻撃は押し寄せていた。町は、ひっきりなしに動揺していた。——ラ・クールヌーヴ(注32)の爆破は、まるで地震のように、パリを揺さぶった。絶え間ない警報に、眠りは破られ、神経がすりへらされていた。不安な一夜が明けた土曜日の今朝、夜更けになってやっと眠りにつけた人たちがみな、遠くに潜伏していた未知の大砲のとどろきに目を覚ました。大砲は、別の惑星からのように、ソンム川(注33)の向こうから、手探りで、死の砲弾を放っていた。——初めのうち、この砲撃は、ドイツの爆撃機《ゴータ》の再来襲によるものと思って、すなおに地下室に避難していたが、危険も打ち続くと慣れっこになり、生活になじんでしまうものだ。それどころか、危険を分かちあえ、しかもその危険がそれほど大きくないときには、危険のなかにある種の魅力をみいだしかねない。加えて、天気はよすぎるほどよいときていたので、生きながら地下に隠れているなんて、惨めだった。正午前には、みな戸外にでていた。通りも、公園も、喫茶店《カフェ》のテラスも、このよく晴れ渡った燃えるような午後のあいだ、ずっとお祭り気分だった。

ピエールとリュスが、人ごみを逃れて、シャヴィルの森(注34)に行こうと決めていたのは、この日の午後だった。十日前から、ふたりは、感情の高ぶりをうちに秘めた静けさのなかに生きていた。心には深い安らぎが、それでいて、神経は敏感になっていた。荒れ狂う流れに取り巻かれた小さな孤島にいるような感じがし、目が眩《くら》み、耳がおかしくなって、さらわれそうな気になる。だが、まぶたを閉じ、両手で耳をおおい、ドアに閂《かんぬき》をかけたとたん、心の奥底には、静寂が、まばゆい静寂が、不動の夏の日光が蘇り、そこでは、目に見えない「歓喜」が、まるで姿を隠した一羽の小鳥のように、小川の流れのような爽やかな歌をさえずるのだ。おお、「歓喜」よ！　魔法の歌い手、幸福のさえずりよ！　まぶたをほんの少し開けるだけで、あるいは耳をほんのわずかのあいだふさぐのをやめるだけで、流れの泡立ちと騒音が戻ってくるには充分だということを、知りすぎるほど知っている。なんと心もとない水門なのだろう！　そんなにも心もとないということを知るほどに、なおさら「歓喜」は高まるのだ、威嚇されているということが分かっているだけに。安らぎと静寂さえもが、情熱的な顔つきをしている！……

森に着くと、ふたりは手を取り合った。早春は、すぐに酔いのまわる新酒のワインだ。若々しい太陽が、その生粋のブドウの汁で酔わせるのだ。まだ葉が落ちたままの森の上を、光が駆け巡る。そして裸の梢《こずえ》ごしに覗《のぞ》く青空の眼差しが、理性を惑わし、眠らせる……　ふたりとも、ほとんど言葉を交わそうとしなかった。ついてでた言葉を、舌がはばんで続かなかった。脚がだるくなり、歩くのもやっとだった。陽射《ひざ》しと森の静寂のなかを、ふらふらとよろめいていた。大地が、ふたりを引き寄せた。道の上に身を横たえること。地球という観覧車の外縁部で、うっとりと我を忘れること……

ふたりは道の土手をよじ登り、雑木林のなかに分け入り、スミレが芽をだしはじめている枯葉の上に、ならんで横たわった。小鳥たちの早春のさえずりと遠くに聞こえる大砲の荒々しい鼻息のような音とが、明日の祝日（注35）を告げるあちこちの村の鐘の音と混じっていた。光に満ちた大気は、希望と、信仰と、愛と、死とにうち震えていた。ほかに誰もいなかったのに、ふたりは小声でしゃべった。ふたりの胸は締めつけられていた。幸福で？　それとも苦しみで？　どちらとも答えられなかっただろう。ふたりは、夢にどっぷり浸っていた。リュスは、じっと寝そべったまま、両腕を体にそってのばし、目を開き、吸いこまれそうな空を眺めながら、この日の喜びをかき乱さないように、今朝から努めて払い除《の》けてきた秘めた苦しみが、胸のうちから込み上げてくるのを感じていた。ピエールは、リュスの膝のドレスのくぼみに頭をのせ、まるで眠っている幼子のように、お腹の温かみに顔をうずめていた。そしてリュスは、無言のまま、両手で最愛の人の耳を、目を、鼻を、唇を愛撫していた。霊的ないとしいその手は、妖精物語にでてくるように、指先に小さな口を持っているように思えた！　そしてピエールは、性能のいい鍵盤さながら、指の下を流れているさざ波を通して、恋人の魂のなかを通り過ぎていく情感を察していた。ピエールは、リュスがため息をもらすまえに、リュスのため息を聞きとった。リュスは、身を起こし、前に身をかがめ、息をつまらせ、うめくように小声でささやいた。

「ね、ピエール！」

ピエールは、はっとして、リュスを見た。

「ね、ピエール！　あたしたちって、何なの？……　あたしたちに、どうしてほしいっていうの？……　あたしたちは、どうしたいの？……　あたしたちのなかに、何が起こってるの？……　あの大砲や、あの小鳥たちや、この戦争や、この恋……　この手、この体、この目……　あたしは、どこにいるの？……　そして、あたしって、何なのかしら？……」

ピエールは、リュスのこんな取り乱した様子を見たことがなかったので、両腕のなかに抱きしめたいと思った。しかしリュスはピエールを押しのけた。

「いやよ！　いや！……」

そして顔を両手で隠して、そのまま草のなかにつっぷした。ピエールは、おろおろして、哀願するように言った。

「リュス！……」

ピエールは、顔をリュスの顔のすぐそばに寄せた。

「リュス」、くり返しピエールは呼びかけた。「どうしたの？……　ぼくのことが嫌なの？……」

リュスは顔をあげた。

「ううん！」

ピエールは、リュスの目に浮かぶ涙を見た。

「悲しいことがあるの？」

「ええ」

「どうして？」

「あたしにも分からないの」

「ねぇ、ぼくに話してみて……」

「ああ！」と、リュスは言った。「恥ずかしいの……」

「恥ずかしいって、何が？」

「何もかもよ」

リュスは口をつぐんだ。

リュスは、朝からずっと、悲しくて辛くて下劣な幻影にとり憑《つ》かれていた。リュスの母は、淫欲と殺戮がごたまぜになった工場のなかで、人間の醸造桶ともいうべきもののなかで発酵する毒素にやられ、気も狂わんばかりになり、もはや自制心というものを保てなくなっていた。娘に聞かれるのもかまわず、自宅で、愛人と激しい痴話喧嘩を演じたのだ。それで、リュスは母親が妊娠していることを知った。それは、リュスにとって、恥辱の烙印《らくいん》を押されたようなもので、自分が傷ついたうえに、愛の全体が、自分のピエールにたいする愛もが汚された。だから、ピエールが身を寄せてきたとき、押しのけたのだった。リュスは、自分とピエールのことが恥ずかしかった……　ピエールのことが恥ずかしい、って？　かわいそうなピエール！……

ピエールは、屈辱をおぼえ、もはや身動きもできないまま、そこにじっとしていた。リュスは後悔にとらわれ、涙を浮かべた目でほほえんだ。そしてピエールの膝の上に頭をのせて、言った。

「あたしの番よ！」

まだ不安なピエールは、ネコを愛撫するように、リュスの髪を膝の上で抱きしめた。ピエールはささやいた。

「リュス、どうしたっていうの？　ねぇ、言って！……」

「なんでもないの」と、リュスは言った。「あたし、悲しいことを見てしまったの」

ピエールは、リュスの秘密を重んじていたので、立ち入っては聞けなかった。しかし、しばらくして、リュスが言葉を続けた。

「ああ！　時にはあるわよね……　人間であることが恥ずかしいってこと……」

ピエールは、びくっとした。

「うん」と、ピエールは言った。

そして、しばらく沈黙があったあと、ピエールは、身をかがめて、小声で言った。

「ごめんね！」

リュスは急激に身を起こすと、ピエールの首にとびついて、おうむ返しに言った。

「ごめんなさいね！」

そしてふたりは口を求め合った。

ふたりの子供たちは、どちらも慰め合いたいと思っていた。はっきりとは言わなかったが、こう考えていた。

「幸せなことに、自分たちはもうすぐ死ぬだろう！……もっともおぞましいのは、人間であることを、破壊することを、堕落させることを、あんなにも自慢している連中のひとりになることだろう……」

唇と唇をそっと合わせ、睫毛《まつげ》と睫毛を軽く触れあわせ、どちらもが、相手の目のなかを覗《のぞ》きこみながら、やさしいいたわりのこもった微笑《ほほえみ》を浮かべていた。そして、愛のもっとも純粋な形であるこの神聖な感情に、飽きることを知らなかった。ようやく、ふたりはじっと見つめ合っていた目と目を引き離した。そしてリュスは、落ち着きを取り戻した目で、あらためて、空のやさしさや、生き返った木々や、花々の息吹を見た。

「なんて美しいんでしょう！」と、リュスは言った。

心では、こう思っていた、

「どうして、いろんなものが、こんなにも美しいの？　なのに、あたしたちときたら、なんて哀れで、つまらなくて、見苦しいの！……（でも、あなたは別、あたしの恋人、あなたは別よ！……）」と。

リュスはもう一度ピエールを見つめた。

「そうよ！　ほかの人が、あたしにとって何だっていうの？」

そして、恋のこのすばらしい屁理屈に、リュスはぷっと吹き出すと、ぱっと跳ね起き、森のなかに駆けこんで、叫んだ。

「つかまえて、あたしを！」

ふたりは、それから一日中、子供のように遊んだ。そしてすっかり遊び疲れ、まるで花束がいっぱいに盛られた花籠のように、落日の光の束を一面に浴びて輝く谷間のほうへ、小刻みな足取りで戻ってきた。ふたりがひとつの心で、ひとりがふたつの体で、楽しみ味わったすべてが、ふたりには新鮮に思えた。

— * —

同い年の五人の友人たちは、そのうちのひとりの家に集まることにしていたが、この五人の若い学友たちには、性向にどこか一致するところがあり、最初にぱっと気が合ったことから、ほかの学友たちとは別のグループを作っていた。そうはいっても、ふたりとして、同じことを考えてはいなかった。四千万のフランス人の、いわゆる全員一致が言われているが、四千万のフランス人とは四千万の頭脳であり、それぞれが自分の殻にこもったままでいる。フランスの思想は、いくつもの小農地からなるこの国の、その国土にそっくりだ。五人の友人たちは、それぞれの狭い土地の垣根越しに、自分たちの意見を交換しようとしていた。しかしそうした結果は、各自が自説をいっそう強く命令口調で主張することになっただけである。さらに五人はみな、自由な精神の持ち主で、しかもみながみな共和主義者でないにしても、こぞって、知的な、あるいは社会的な反動を嫌い、時代の逆行に反対だった。

ジャック・セーは、戦争にもっとも熱狂していた。この若くて高潔なユダヤ人は、フランス精神のありとあらゆる情熱に共鳴していた。ヨーロッパ中にいるイスラエルの縁者たちが、ジャック・セー同様、おのおのが帰化した祖国の大義や思想に賛同していた。それどころか、自分たちが取り入れているものすべてに慣れ親しむあまり、誇張する傾向すらあった。このハンサムな青年は、情熱的でいくらか重みのある声と眼差しをもっていて、輪郭のくっきりした整った顔立ちで、自己の信念には必要以上に断定的で、矛盾も甚だしかった。セーによれば、諸民族を解放し、戦争の息の根をとめるには、民主主義諸国による十字軍を起こすことが重要だというのだ。四年にわたる博愛にみちた屠場も、セーを得心させてはいなかった。事実の反証を決して受け入れない人たちに属していたのだ。セーは、二重に誇り高かった。復権させたいと願っているユダヤ人種にたいする隠された誇りと、自分が正しいと言い張りたい個人的な誇りである。それに確信が持てないでいただけに、いっそうそれを欲していた。セーの真摯な理想主義は、あまりにも長いあいだ抑圧されていた要求の多い本能と、真摯さでは劣らない行動欲や冒険心の隠れ蓑《みの》にするのに役立っていた。

アントワーヌ・ノデもまた、戦争賛成派だった。だがそれは、ほかにどうしようもないからだった。この人のよい太っちょのブルジョワ青年は、バラ色の頬をしていて、温和で繊細で、息切れしやすく、フランス中部地方の上品な気取り方で、巻き舌でr音を発音していたが、今は、友人セーの熱狂的な雄弁を、穏やかな微笑《ほほえみ》を浮かべながらじっと眺めていた。また必要とあれば、気のない言葉で、セーを怒らせることだってできた。――しかし、この太っちょの怠けものは、セーの議論についていかないよう、ちゃんと気をつけていた！　自分たちがどうこうできないことに、賛成だ反対だとカッカして、なんになるというのだ？　義務と意志との悲壮で冗舌な葛藤にお目にかかるのは、悲劇作品のなかだけだ。選択の余地がないときは、ぐちゃぐちゃ言わずに、自分の義務を果たすことだ。それ以上におもしろいことはない！　ノデは、感心することもなければ、食ってかかるということもなかった。いったん列車が走りだして、戦争が進行しはじめたら、一緒に走って行かねばならない、それ以外に方策はない、ということを、分別が告げていた。責任の所在を探し求めるなどということは、時間の無駄だった。自分がいやでも戦わねばならないとき、事態がこうだったら、戦わなくてもよかったのに、ということを知ったところで、何の役にも立ちはしない……事態はそうならなかったのだから！

責任の所在！　ベルナール・セセにとっては、まさしく、それこそがまずもって問題だった。セセは、絡《から》み合ったこの蛇どもを解きほぐそうと、躍起になっていた。というか、むしろ小フリアイ(注36)といった風情で、頭上で蛇どもを振り回していた。ひ弱なこの青年は、上品で、情熱的で、ひじょうに神経質で、あまりにも激しい知的感受性に燃えていて、裕福なブルジョワで、国家の最高位の役職にさえ関与したことのある共和派の旧家の出であったが、そうした反動から、極端に革命的な情熱を表白していた。セセは、時の支配者たちとその一味を、あまりにも間近で仔細に見てきた。セセは、ありとあらゆる政府を糾弾していた、――とくに好んで、自国の政府を。もはや組合活動家《サンディカリスト》とボルシェヴィキのことしか話さなかった。こういった連中を発見したのはつい近頃のことなのに、あたかも幼馴染《おさななじみ》みたいに、親しくつき合っていた。どちらがいいのか、あまりよく分からないまま、社会を根こそぎ転覆さす以外に救済策を見ていなかった。戦争を憎んではいたが、階級戦争になら喜んで身を捧げただろう、――自分の階級にたいする戦争、自分自身にたいする戦争になら。

グループの四人目のクロード・ピュジェは、冷ややかな、そしていくぶん侮蔑のこもった注意深さで、こうした論戦に参加していた。非常に貧しいプチブルの出で、頭のよさに気づいた巡回中の視学官に田舎から引き抜かれ、早い時期に家族の親密さを奪われ、リセの奨学生になったこの青年は、当てにするのは自分だけ、生きるのも自分ひとりだけで、というのに慣れっこになっており、自分を糧に自分のためだけに生きていた。自己中心主義の哲学者で、魂の分析にふけり、からだを丸めているよく肥えた猫のように、心地よさそうに自己観察にはまり込んでいて、他人の不安に動揺をきたすことはなかった。理解し合うにはいたっていない先の三人の友人たちを、ピュジェは同じ袋のなかに入れていた、――《世間一般の人》と一緒に。三人とも大衆の憧れを分かちあいたいと思っているが、それは柄に合わないことではなかったか？　実をいうと、三人が、三人三様に、大衆を違うふうに捉えていた。しかし、ピュジェにとっては、それがどんなであれ、つねに間違いを犯すのが大衆だった。大衆は敵だった。精神は、孤独を保ち、自らの掟のみに従い、一般大衆や国家から離れて、思想の閉ざされた小王国を打ち建てるべきなのだ。

そしてピエールはというと、窓の近くにすわって、うわの空で外を眺めながら、ぼんやり考えごとをしていた。いつもは、こうした若者特有の論争に熱心に加わったものだが、今日は、ピエールにとっては、ワイワイ言っているだけの無益な言葉だった。困惑と冷笑とが入り混じり、半ば麻痺したようになったピエールには、聴いてはいたが、実に遠くから、本当に遠くから聞こえてくるようだった！　ほかの者たちは、自分たちの論争に熱中していて、かなり長いあいだ、ピエールが黙りこくっていることに気づかなかった。しかし、とうとうセセが、自分の口先だけのボルシェヴィズムに、いつも応じてくるピエールが、もはやなんの反応も示さないことに驚いて、声をかけた。

ピエールは、はっと正気にもどり、赤くなって、ほほえみながら言った。

「きみたち、なんの話をしているの？」

友人たちは憤慨した。

「なんだ、きみは何も聴いていなかったのか？」

「いったいきみは、何を考えていたんだ？」と、ノデが尋ねた。

ピエールは、ちょっと困って、少しぶっきらぼうに答えた。

「春のことさ。春は、ぼくたちの許可がなくても、ちゃんと巡ってきた。やがてぼくたちをおいて、行ってしまうだろう」

みんなは、よってたかってピエールを軽蔑したおした。ノデは、ピエールを《詩人》扱いした。そしてジャック・セーは、《気取り屋》呼ばわりした。

ただピュジェだけが、目尻に皺を寄せ、好奇心と皮肉の入り混じった冷たい瞳で、ピエールを見つめていたが、やがて言った。

「羽蟻《はあり》め！」

「なんだって？」と、ピエールは楽しげに聞いた。

「羽《はね》に用心しろよ！」と、ピュジェが言った。「それは、婚姻飛行だ。けど、一時間しか続かないぜ」

「人生だって、それ以上には続かないさ」と、ピエールは言った。

— * —

受難週(注37)には、ピエールとリュスは毎日会った。ピエールはリュスに会いに一軒家にかよった。貧弱な庭が、芽吹こうとしていた。ふたりは、午後ずっとそこで過ごした。今では、パリに対し、群衆に対し、人生に対し、反感を抱いていた。ある瞬間には、精神が麻痺したようになり、動く気がしなくなり、寄り添ったまま、じっと黙りこくっている、ということさえあった。ある奇妙な感情が、ふたりを苛《さいな》んでいた。怖かったのだ。おたがいに身を与えあう日が近づくにつれて、怖くなっていった、——過度の愛からくる、魂の浄化からくる恐怖で、人生の醜さや残酷さや恥辱におびえているこの塊は、情熱と憂愁に酔いしれながらも、人生から解放されることを夢見ていた。が、そのことについては、おたがい何も言わなかった。

大部分の時間が、未来の住居や一緒にする作業やささやかな世帯について、あれこれ静かにしゃべることに費やされた。家具や壁紙やひとつひとつの調度品の位置が、その配置のこまごました点にいたるまで、あらかじめ手筈《てはず》されていた。こうした愛情のこもった些事《さじ》、日常生活の内輪の家族的な光景を思い浮かべると、リュスは、本当に女性らしく、時に涙ぐむほど感動した。ふたりは、未来の家庭のささやかだが、えも言われぬ喜びを味わっていた……そんなことは、何ひとつ実現されないだろうということも分かっていた、――ピエールは、生まれつきの悲観主義による予感から、――リュスは、愛情ゆえの洞察力から、結婚は実際にはありえないということが分かっていた……それゆえ、夢のなかで、結婚を味わおうと気がせいていた。そしてどちらもが、それが夢に過ぎないという自分の確信を、相手に隠していた。どちらもが、その秘密を握っているものと信じ、相手の幻想を壊すまいと、やさしい気持ちで見守っていた。

ありえない未来の、悲痛だがえも言われぬ喜びを汲みつくしたとき、急激な疲労感におそわれた、まるでその未来を生きたかのように。それから、干乾びたつる草のはう棚の下に腰をおろして、疲れをいやした。太陽が、そのつる草の凍った樹液を溶かしていた。そして、ピエールはリュスの肩に頭をもたせかけ、ふたりして夢見ながら、大地のざわめきに耳を澄ましていた。流れる雲のせいで、三月の若い太陽はかくれんぼをして、顔を出して笑ったり、すっと姿を隠したりしていた。そのたびに、明るい光の筋と暗い影が、野原の上を走っていった、魂のなかを喜びと苦しみがよぎるように。

「リュス」と、突然ピエールが言った。「おぼえていない？……　ずっとずっと前から……もう、ぼくたち、こんなふうだったってこと……」

「そうね」と、リュスは言った。「ほんとね。みんなおぼえているわ、何もかもよ……　でも、あたしたち、いったい、どこにいたのかしら？」

ふたりは、おもしろがって、以前どんな姿で知り合っていたのかを知ろうと努めた。すでに、どちらも人間の姿だった？　多分ね。しかし、確かにその時は、女の子のほうがピエールで、リュスがその恋人だった……　それとも、空中を舞う小鳥たち？……　リュスは幼かった頃、よく母に、煙突から落ちてきた小さなガンだったのよ、と言われたものだった。ああ！　きっと羽を折ってしまったのね！……　しかし、ふたりが落ち合う場所としてとりわけ気に入っていたところは、くるくる巡る夢や渦を巻いて立ちのぼる煙のように、混じり合ったり、もつれたり、ほどけたりする、自然界の基本要素からなる流動体のなかだった。つまり空の深淵のなかに溶けこむ白い雲だとか、戯れるさざ波だとか、地面に降りそそぐ雨だとか、草に置く露だとか、空気の漂うままに身を任せるタンポポの種だとか……　しかし、風はそれらを運び去ってしまう。風がまた吹きはじめなければいいのに、そしてもはや永久にお互いを見失わずにいられたらいいのに！……

しかし、ピエールは言った。

「ぼくね、ぼく思うんだけど、ぼくたち、これまで一度だって離ればなれになったことなかったんだよ。ぼくたち、一緒にいたんだよ、今こうしているようにね、寄り添って寝そべっていたんだ。ただ、眠っていて、いろんな夢を見ていたんだよ。時折、目が覚める……うっすらと……　で、ぼくは感じる、きみの寝息を、触れ合ったきみの頬を……　やっとの思いで、ぼくたちは口を近づける……　また眠りに落ちる……　可愛い、可愛いきみ、ぼくはちゃんとここにいるよ、きみの手を握って、ぼくを離さないで！……　今はまだ、ほんとにその時じゃない、春はやっと冷えきった鼻先を見せたばかりだもの……」

「あなたの鼻先みたいにね」と、リュスは言った。

「やがて、ぼくたち、ある夏の日に、目を覚ますだろう……」

「あたしたちが、その夏の日になりましょうよ」と、リュスは言った。

「……菩提樹《ぼだいじゅ》の暖かい木陰、木漏《こも》れ日、歌うミツバチ……」

「……果樹牆《かじゅしょう》に実る桃と香りのいい果実……」

「……刈り入れする人たちの昼寝とその黄金色の小麦の束……」

「……牧場の草を反芻《はんすう》しているのろまな羊の群れ……」

「……そして夕暮れ、日の入りのころには、まるで花の咲き誇る池のように、液状の光が野原すれすれに流れていく……」

「……あたしたちが、そのすべてのものになりましょうよ」と、リュスは言った。「見ても、手にしても、接吻しても、食べても、触っても、嗅いでも、心地よく気持ちいいすべてのものに……　そのほかは、あの人たちに残しておいてやりましょう」町とそこから立ちのぼる煙を指さしながら、リュスが言った。

　リュスは笑った、それから恋人に接吻しながら言った。

「あたしたち、あたしたちの可愛い二重唱を上手に歌ったわよね。ね、そうでしょう、あたしのピエロさん？」

「そうだね、ジェシカ」と、ピエールは言った。

「ねえ、かわいそうなピエロさん」と、リュスは言った。「あたしたち、あまりこの世にふさわしくは生まれついてなかったのよ、ここじゃ、もう『ラ・マルセイエーズ』(注38)しか歌うことができないんですもの！……」

「まだしもなんだけどね、『ラ・マルセイエーズ』を歌えるんだったら！」と、ピエールが言った。

「あたしたち、駅を間違えてしまったのよ。はやく降りすぎたんだわ」

「ぼくが心配なのは」と、ピエールは言った。「次の駅で降りていたら、もっと悪かったかもしれないってことさ。ねえ、リュス、見える？　未来の社会、つまりぼくたちに約束されたミツバチの巣のなかのぼくたちの姿が、そこじゃ、女王バチのためか、あるいは『集団社会《レピュブリック》』のためにしか、もはや生きる権利を持たないんじゃない？」

「朝から晩まで、機関銃みたいに卵を産み続けるか、それとも朝から晩まで、ほかのものが産んだ卵をなめてきれいにするかね……　どっちか選べなんて、まっぴらよ！」と、リュスは言った。

「ああ！　リュス、良くない子だ、なんて品のないことを口にするの！」と、ピエールは笑いながら言った。

「そうよ、悪い子よ、よく分かってるわ。あたし、なんの役にも立たないわ。でも、あなたもよ。あなただって、戦争で人を殺したり、不具にしたりするのに向いてないわ。闘牛で腹をえぐられたあの哀れな馬たちみたいに、次の戦いに役立つように、そんな人たちの傷口を縫い合わすのに、あたしが向いてないのと同じことよ。あたしたちって、役に立たない、危険な存在なのよ。ずうずうしくも、自分たちが愛しているもの、恋人や、友だちや、善良な人々や、小さな子供たち、心地よい日光や、それにおいしい白いパン、そして美しいものや、食べておいしいものすべてを愛するためだけに生きようなんて、滑稽で罪深いことを思っているんですもの。恥ずかしい、恥ずかしいわ！　あたしのために、顔を赤らめてちょうだい、ピエロ！……　でも、あたしたち、きっと罰が当たるわ！　休息も休止もない国家という工場に、あたしたちの居場所はなくなるわ、やがて世界がそうなるでしょうけど……幸せなことに、その頃、あたしたちもうこの世にいないわ！」

「そうだね、なんて幸せなことだろう！」と、ピエールは言った……

《恋人よ、きみの腕に抱かれて死ぬのなら、
　ぼくは満足だ、だから望みはしない
　この世で、それにまさる大きな喜びを持とうとは
　きみに口づけしつつ、きみの胸のなかで死ぬという……》

「まあ、あなた、素敵な方法ね！」

「でも、この方法、立派なフランス式なんだよ。ロンサールの詩の一節(注39)なんだ」と、ピエー

ルは言った。
《……そうでなければ、ぼくは求めはしない、
　百年後に、栄誉も名声も残さず、
　きみの膝の上で、カッサンドルよ、無為に死ぬことを……》
「百年ですって！」、リュスはため息をついた。「でも、むずかしいことじゃないわ！……」
《というのは、ぼくが間違っているというより、いっそう幸福だからだ、
　そのように死ぬほうが、名誉のすべてを得るよりも、
　シーザー大王や、あるいはアレクサンドル雷王の》
「いじわる、いじわる、いじわるのきかん坊さんね、恥ずかしくないの！　こんな英雄の時代に！」
「英雄が多すぎるんだよ」と、ピエールは言った。「ぼくは、恋する少年、小さな男の子で

あるほうがいいや」
「小さな女の子よ、まだあたしの胸のお乳を唇にふくんでいる」、リュスはピエールをかき抱いて言った。「あたしのややちゃん！」

――＊――

この時代の生き残りで、その後、運命の華々しい急変を目の当たりにした者たちは、多分、この週に、イル＝ドゥ＝フランスを覆《おお》い、その影で、パリをかすめて飛んだ重々しく威嚇的なあの黒い翼を忘れてしまったかもしれない。喜びは、過去のさまざまな試練など、もはや意に介さないものだ。――ドイツ軍の襲来は、聖月曜日と聖水曜日(注40)のあいだに頂点に達した。ソンム川を渡河し、バポーム、ネール、ギスカール、ロワ、ノワイヨン、アルベールの町が陥落した。千百門の大砲が押さえられ、六万人が捕虜になった……　踏みにじられた恩寵の地を象徴するように、聖火曜日には、和声の作曲家ドゥビュッシー(注41)が死んだ。竪琴《リラ》が壊れる……　〝かわいそうな小さな瀕死のギリシャ！……〟　ドゥビュッシーの何が残るだろう？　彫金細工を施されたいくつかの花瓶、いくつかの完全な石碑、だがそのいずれもが

「墓所への道」にはびこった草で埋めつくされるだろう。廃墟になったアテネの不滅の遺蹟……

ピエールとリュスは、丘のいちばん高いところから見るように、町に迫ってくる夕闇を眺めていた。ふたりは、愛の光に包まれたまま、なに恐れることなく短い一日の終わりを待っていた。今では、夜の闇が訪れても、ふたりきりでいるだろう。夕べのお告げの鐘《アンジェラス》のように、大好きだったドゥビュッシーの美しい和音の奏でる官能的な物悲しさが、胸のうちに込みあがってきた。その音楽は、ほかのどんなときよりも、ふたりの心の欲求に応えていた。それは、形式の背後に隠れて、解放された魂の声が歌う唯一の芸術だった。

聖木曜日(注42)、リュスはピエールの腕にすがり、その手を握って、ずぶ濡れになりながら、郊外の道を歩いていた。

雨に濡れた野原を、突風が吹き抜けていった。雨も、風も、野原の醜さも、泥んこ道も、気にならなかった。

牧養場の塀《へい》の、最近崩れて一部低くなったところに、ふたりは腰をおろした。ピエールのさしかける傘の下に、なんとか頭と肩だけ入れて、足をぶらぶらさせ、手を雨に濡らし、レインコートをびしょ濡れにしながら、雨滴が滴《したた》り落ちるの見つめていた。風に枝が揺すぶられて、散弾のように雨粒が「パラパラ！」と音をたてた。リュスは、黙ってほほえみながら、安らかに顔を輝かせていた。ふたりは、深い喜びに浸されていた。

「なぜ、こんなにも愛し合っているんだろう？」と、ピエールは言った。

「まあ！　ピエール、あたしのことそれほど愛してないのね、なぜなんて、聞くなんて」

「ぼくがこんなこと聞くのはね」と、ピエールは言った。「ぼくがきみと同じくらいよく知ってることを、きみに言わせたいためなんだ」

「あたしに褒《ほ》めてもらいたいのね」とリュスは言った。「でも、あなた、きっとがっかりするわ。だって、あたしがなぜあなたを愛してるのかを、あなたが知ってらしても、このあたしには、分からないんですもの」

「分からない、ですって？」、ピエールは落胆して言った。

「ええ、分からないわ！（リュスは、忍び笑いをしていた。）それにあたし、そんなこと分かりたいなんて、ぜんぜん思わないの。あることについて、なぜって訝《いぶか》るのは、そのことに確信が持てないから、そのことがいいことじゃないからよ。今、あたし愛してるんだから、なぜはもういいの！　どこで、いつ、どんなわけで、どんなふうには、もういらないの！　あたしには愛があるの、あたしには愛があるのよ。そのほかのことは、どうだっていいの」

そうして顔を寄せ合い、口づけした。ここぞと雨は、不器用にさした傘の下に滑りこみ、その指でピエールとリュスの髪と頬にそっと触れた。ふたりは、唇と唇のあいだで、冷たいしずくを飲んだ。

ピエールは言った。

「でも、ほかの人たちは？」

「ほかの人たちって？」と、リュスは言った。

「かわいそうな人たちだよ」と、ピエールは答えた。「ぼくたち以外のすべての人たちだけど？」

「その人たちも、あたしたちみたいにすればいいのよ！　愛せばいいのよ！」

「そして、愛されることだよ！　リュス、みんなにできるとはかぎらないけど」

「いえ、できるわ！」

「いや、できないよ。きみがぼくにくれた贈物の価値を、きみは分かってないんだよ」

「愛に心を与えること、恋人に唇を与えること、それは光に自分の目を与えることなのよ。いえ、与えるんじゃなくて、取ることなの」

「目の見えない人たちもいるよ」

「あたしたち、目の見えない人たちは治せないわね、ピエロ。その人たちのかわりに、見てあげましょう！」

ピエールは、黙っていた。

「何を考えてるの？」と、リュスは言った。

「あの日（注43）、ぼくたちから非常に遠くて近いところで、目の見えない人たちを治すために地上にやってきた『あの方』が、『受難』に耐えられた、ということを考えてるんだ」

リュスは、ピエールの手を取った。

「『あの方』を信じてるの？」

「いや、リュス、ぼくはもう信じてはいないよ。でも、一度でもあの方の食卓に招かれた人たちにとっては、あの方はいつまでも友人なんだ。それで、リュス、きみはあの方を知ってるの？」

「ほとんど知らないわ」と、リュスは答えた。「誰もあたしに、あの方のことを話してくれたことがないんですもの。でも、知らないけど、あたし、あの方を愛してるわ……　だって、あの方が愛していた、ということを知ってるんですもの」

「ぼくたちのようにじゃないけどね」

「どうして、あたしたちのようにじゃないの？　あたしたち、ほんとあたしたちときたら、哀れなちっぽけな心をひとつ持っていて、恋人のあなただけしか愛せない。なのに、あの方は、あの方はね、あたしたちみんなを愛していたわ。でも、それって、やっぱり同じ愛よ」

「ねえ、ぼくたち、明日行かない？」と、ピエールは感動して尋ねた。「あの方の死を弔《とむら》いに……　サン・ジェルヴェ教会(注44)で、美しい音楽が演奏されるって聞いてるよ！……」

「ええ、そんな日ですもの、ぜひ一緒に行きたいわ、教会に。あの方、きっと、喜んで迎えてくださるわ。あの方のそばに近づけば近づくほど、あたしたちもお互い、もっと近づけるのよ」

ふたりとも口をつぐんだ……　雨、雨、雨。雨が降る。日が暮れる。

「明日の今時分には」と、リュスは言った。「あたしたち、あそこに行ってるわね」

霧がしみこんできた。リュスは、軽く身震いした。

「ね、寒くない？」と、ピエールは心配そうに尋ねた。

リュスは立ち上がった。

「いえ、いえ。あたしにとって、すべてが愛なの。あたしはすべてを愛しているし、すべてがあたしのことを愛してくれてるわ。雨もあたしを愛してくれてるし、風もあたしを愛してくれてるし、それに灰色の空も、寒さも、――そしてあたしの可愛い坊やも」

――＊――

聖金曜日(注45)のために、空は長い灰色のヴェールを張りつめていた。しかし空気は穏やかで静かだった。通りのあちこちで、黄水仙やニオイアラセイトウなど、いろんな花が見られた。ピエールは幾輪かを買い求め、リュスが手に持った。ふたりは静かなオルフェーヴル河岸(注46)に沿って行き、清らかなノートル・ダム大聖堂(注47)の下を通り過ぎた。控えめな光につつまれたシテ島が、気品のあるやさしい魅惑でふたりを取り巻いていた。サン・ジェルヴェ教会前の広場では、数羽のハトが足もとから飛び立った。教会正面のあたりを飛びかうハトを目で追った。そのなかの一羽が、彫像の頭の上に止まった。教会の前庭の石段をのぼりつめ、これからなかに入ろうとするときに、リュスが振り向くと、数歩はなれた群衆のただなかに、十二歳ぐらいの赤毛の少女がひとり、正面の扉にもたれ、両腕を頭上にあげて、じっと自分のほうを見つめているのが目に入った。その少女は、大聖堂の小さな彫像のように、いくぶん古風でほっそりした顔立ちで、おすましし、お利口そうで、やさしげな、謎めいた微笑を浮かべていた。リュスもほほえみ返した、ピエールに少女のことを示しながら。しかし少女の視線はリュスの頭の上を通り越していったかと思うと、突然、驚愕の色を浮かべた。それから、その子は、両手で顔を隠して、姿を消した。

「あの子、どうしたのかしら？」と、リュスは聞いた。

しかし、ピエールは見ていなかった。

ピエールとリュスは、教会のなかに入った。頭上で、ハトがくうくう鳴いていた。外界の最後の音だった。パリのさまざまな声が消えた。自由な空気が消えうせた。充満するパイプオルガンの音、大きな円天井、石と音からなる仕切りが俗世間からふたりを引き離した。

ピエールとリュスは、側廊のひとつの、入って左手の二番目と三番目の小礼拝室のあいだに腰をおろした。ふたりとも、教会内にいる人たちから隠れて、一本の支柱の角の石段に、うずくまるようにすわりこんだ。聖歌隊に背を向け、目を上げて、祭壇のてっぺんや十字架や横手の小礼拝室のステンドグラスを見ていた。美しい古い聖歌が、敬虔な物悲しさで涙を誘っていた。このふたりの小さな異教徒たちは、喪に服した教会のなかで、偉大な『友』の前で、手を取り合った。そして、ふたりともが、同時に声をひそめてつぶやいた。

「偉大な『友』よ、あなたの前で、あたしはこの人を選びます。ぼくはこの方を選びます。

わたしたちを、お結びください！　あなたは、わたしたちの心を、お見通しでいらっしゃいます」

　そしてふたりの指は、ひとつの籠（注48）の藁《わら》のように、組み合わされ、絡《から》み合ったままでいた。今や、ただひとつの肉体となって、そのなかを音楽の波がわななきながら駆け巡っていた。ふたりは夢見はじめていた、同じベッドのなかにいるかのように。

　リュスは、またもあの赤毛の少女のことを思い浮かべていた。そして、昨夜、夢のなかで、すでにこの少女を見かけたように思えてならなかった。それが、本当にあったことなのか、それとも、現在の幻影を過去の眠りのなかに投影したものか、リュスには結局のところ分からなかった。そんな分かろうとする努力に倦み疲れて、リュスは想いの巡るにまかせた。

　ピエールは、過ぎ去った短い生涯の日々に思いを馳《は》せていた。霧のたちこめた野原から、太陽を求めて舞い上がるヒバリ……　なんて遠いんだろう！　なんて高いんだろう！　いつか、あそこに行き着くことができるのだろうか？　霧が深くなった。もはや大地もなければ、大空もない。そして、力がくじける……　聖歌隊席の円天井の下から、母音唱法で歌われるグレゴリオ聖歌が流れていたときのこと、突然、喜びに満ちた歌が湧き上がり、果てしない太陽の海の上を進んでくるヒバリの凍えきった小さな体が、暗がりのなかから現れる……

ふたりは、指をぎゅっと握り合わせていたので、一緒に航海しているような気がした。そして、教会の暗がりのなかで、ぴったりと身を寄せ、美しい歌に耳を傾けている自分たちに気がついた。ふたりの心は、愛に溶けあい、もっとも純粋な喜びの絶頂に達していた。そして、ともに熱心に願い、——祈った、——その絶頂から、もう決して降りないことを。

その時だった、つい今しがた、いとしい伴侶に燃えるような眼差しを注いだばかりだったリュス、——（ピエールはといえば、半ば目を閉じ、口を半開きにして、うっとりと幸福にひたっているように思えた。そして感謝の喜びでいっぱいになったはずみに、人が本能的に上方に探しもとめる、あの至高の「力」のほうを仰いでいたが）、——リュスは、小礼拝室の赤と金色のステンドグラスのなかで、教会の前庭にいたあの赤毛の少女がほほえんでいるのを見て、ぎょっとした。驚きに身がすくんで、声もだせないでいると、その少女の奇妙な顔の上に、ふたたび、さきほどと同じ恐怖と憐れみの表情が浮かぶのが見えた。

そして、まさにその瞬間、ふたりがもたれていた太い支柱がぐらっと揺らいだ。そして、教会全体が、その土台までもが震動した。そしてリュスの心臓は、爆発音も大勢の人の叫び声もかき消すほどの強い動悸を打っていたが、恐れる間も苦しむ間もなく、雌鶏がヒヨコを守るように、自分の体でかばうため、じっと目を閉じて幸せそうにほほえんでいるピエールの上に、覆《おお》いかぶさるように身を投げだした。母親がするように、あらんかぎりの力で、いとしいものの頭をその胸に抱きしめた。そして、ピエールの上に折り重なり、そのうなじに口を押しあてたまま、ふたりは小さくちいさくなっていた。

と、巨大な支柱が、突然、ふたりの上に、どぉーと崩れ落ちた。

一九一八年八月

注

第一部　ピエールとリュス

（注１）プロペルティウス（Propertius, 47 B.C.?-15 B.C.?）は、古代ローマの恋愛詩人。想いを寄せる女性キュンティアへの愛に霊感を受けて、四巻の『詩集』（エレゲイア集）を書いた。

（注２）ミシェル・ドゥ・ロピタル（Michel de l'Hospital, 1505/06?-1573）は、十六世紀の冷静で明敏な政治家。シャルル九世の大法官となり、行政改革を進めるとともに、カトリックとプロテスタントの調停に務めた。また、プレイヤッド派の詩人たちを擁護し、自身もラテン語の詩作をした。

（注３）旧約聖書の『創世記』二二章一節―一九節参照。アブラハムは、高齢の妻サラとのあいだに授かった愛するひとり息子イサクを生贄《いけにえ》として捧げるよう、神に命じられる。アブラハムが、イサクを縛って祭壇の薪《たきぎ》の上に載せ、刃物をとって屠《ほふ》ろうとしたとき、天から神の御使いが現れて、こう告げた、――「その子に手を下すな、何もしてはならない。あなたが神を畏《おそ》れるものであることが、今、分かったからだ。あなたは、自分の独り子である息子すら、わたしに捧げることを惜しまなかった」と。アブラハムが目を凝《こ》らして見回したところ、後

ろの木の茂みに角を絡《から》ませた一匹の雄羊がいたので、捕えて息子の代わりに生贄《いけにえ》として捧げた。〔日本聖書協会、新共同訳〕

（注4）一三二五年頃、メキシコ中央高原のテスココ湖の小島に都を建設し、周辺部族を征服してアステカ帝国をつくったが、一五二一年にスペインのコルテスに滅ぼされた。皇帝は太陽神の祭司でもあり、太陽の栄養分は人間の生き血（新鮮な心臓）と信じられていたため、常に戦争をし、捕虜を人身御供として神に捧げていた。

（注5）シェイクスピアの戯曲『ハムレット』のなかの登場人物で、ハムレットの親友。

（注6）「寒の聖人たち」《les Saints de glace》とは、「聖マメルトゥス、聖パンクラス、聖セルヴァティウス」（フランス名だと「聖マメール」「聖パンクラス」「聖セルヴェ」）を指し、これらの聖人たちの祝日に当たる五月十一日、十二日、十三日には、寒の戻りがよくある。日本語の「春寒」の語義に近い。

（注7）原文は《l'Homme qui enchaînait》（『鎖でつないでいた人間』）。当時、クレマンソーが主宰していた新聞《l'Homme enchaîné》（『鎖につながれた人間』）の紙名をもじったもの。

（注8）Stella Maris, Amor（海の星、愛）の「海の星」は、聖母マリアのこと。

（注9）ガラテの泉水は、リュクサンブール公園内北東部にある。現在では、メディシスの泉水と

呼ばれている。次頁図参照。

（注10）ここでのピエロ（pierrot/pierrots）は、スズメ（moineau/moineaux）のこと。

（注11）リュス（Luce）はイタリア語で「ルーチェ」と読み、「光」の意味。

（注12）ピエール（Pierre）は、聖ペテロに由来する名前。

（注13）リュクサンブール公園内に、一八九六年にアンリ・デズィレ・ゴーキエ（Henri Désiré Gauquié, 1858-1927）によって建立されたアントワーヌ・ヴァトー（Antoine Watteau, 1684-1721）の記念像があるが、画家自身の絵に出てくるような若い女性像が傍らでヴァトーを仰ぎ見ている。日本では、ワトーと表記されることもある。

なお、『ミシュラン・グリーンガイド（パリ編）』（Michelin: guide vert touristique «Paris»）のリュクサンブール公園地図では、リュクサンブール宮殿の南側にある八角形の大きな泉水を遠巻きに取り囲む狭い半円形部分に《terrasse》（テラス）の記載がある。作中、《ガラテの泉水（現在では、メディシスの泉水）に沿った散歩道のなかほどにあるベンチ》にすわっているリュスが、日頃よく通るのは、「どちらかというと、テラスの向こう側の方が多いわ」と言って指差した一直線上に、「テラス」と「ヴァトーの記念碑」がある。

ただ、ミシュランが示すテラスとは別に、リュサンブール公園の西半分（図の左半分）全体

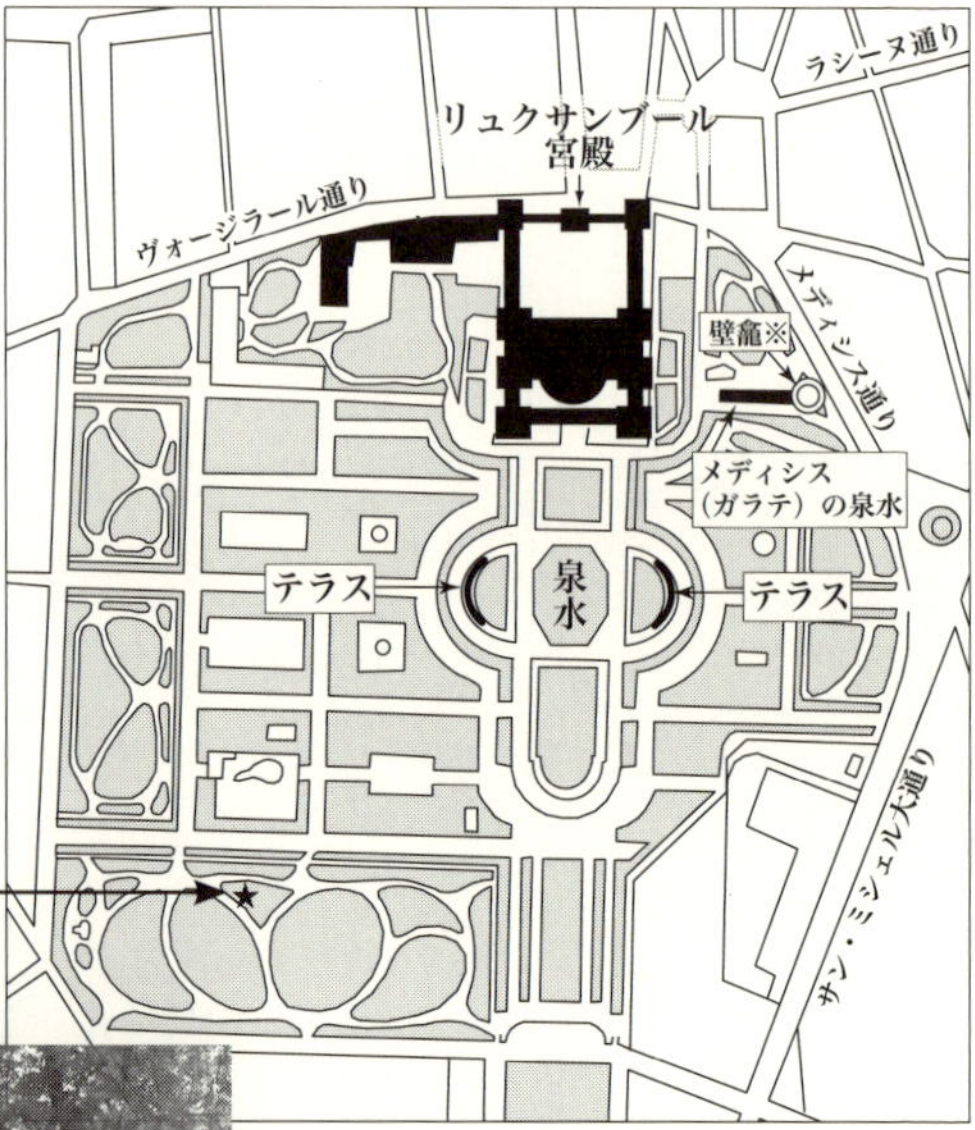

リュクサンブール公園

〔『ミシュラン・グリーンガイド（パリ）』
（実業之日本社）を元に作製〕

※ 壁龕《へきがん》
ポリュペーモスがアーキスと
ガラテアを岩で押し潰そうと
する瞬間が刻まれている。
（189 頁写真参照）

ヴァトーの記念碑

が中央部より高い平坦な土地、つまりはテラス状になっているので、リュスは、ここを指して、テラスと言った可能性もある。その場合でも、リュスの今いる位置とヴァトーの記念像を結ぶ線上に、木立に覆われたこの広いテラス状の土地が入ってくるから、結果として、文脈理解に問題はないだろう。前頁図参照。

（注14）冥界を七巻きして流れる河。この河に浸かると不死身になるという。

（注15）スペインの画家バルトロメ・エステバン・ムリーリョ（Bartolomé Esteban Murillo, 1617-82）のこと。甘く美しい聖母像や、画家自身のやさしい眼差しで描いた子供の絵が印象深い。聖母マリアの純潔性を表す『無原罪の御宿り』を題材にした作品群は、周囲を可愛い天使たちが舞い、ことのほか秀逸である。

（注16）（注17）ピエールの「きれいだなあ！」（jolies!）に応えたリュスの「愛くるしいわ！」（un amour!）は、《joli(es) comme un amour》（とてもきれいだ、天使のようだ）の慣用表現を踏まえてのことだろう。リュスの言葉を普通に訳せば「とってもきれいだわ」のおうむ返しだろうが、それでは、次行の《ピエールは、その言い方に笑った》の表現の妙が分からなくなるので、「愛くるしいわ！」と意訳した。

（注18）子供の遊び歌、輪踊り。

（注19）シンデレラは、フランス語では「サンドリオン」（Cendrillon）で「灰娘」の意味。シャルル・ペロー（Charles Perrault, 1628-1703）の童話の主人公。継母からいじめを受けていたが、哀れに思った名付け親の妖精の魔法のおかげで美しく変身し、立派な馬車に御者・従者を従えて、王子様の舞踏会に行き、王子様に見初《みそ》められる。しかし、魔法のとける真夜中前に慌てて逃げ帰ろうとして、片方のきれいなガラスの上靴を落としてしまう。王子様は、その上靴にぴったり合う華奢な足の持ち主を探し求め、シンデレラを見つけ、以後、ふたりは幸せな生涯を送る。

原文で、ピエールは単に《la pantoufle》（上靴・上履き）と言っているだけだが、「ロベール」仏々辞典の《la pantoufle》の項に、ペローの原作からの次のような用例：《ついで名付け親はシンデレラに、世界でもっとも美しい一足のガラスの上靴を与えた（Elle lui donna ensuite une paire de pantoufles de verre les plus jolies du monde)》が挙がっているので、訳文では《ガラスの》をそえ、「ガラスの上靴」とした。

（注20）マラコフ（Malakoff）は、パリ郊外にあって、パリの十四区に接する労働者地区。オ＝ドゥ＝セーヌ県に属する。

（注21）ピュヴィ・ドゥ・シャヴァンヌ（Puvis de Chavannes, 1824-98）は、イタリアのフレスコ画

の影響を受け、中間色を用いた穏やかな装飾的な画風は壁画に適していて、パンテオン、ソルボンヌ大学ほか、各地に記念碑的作品を残した。パンテオンの『パリを見守る聖ジュヌヴィエーヴ』ほか肖像画も多く、聖人や神を描く時も静かな自然の息づかいを感じさせる。

（注22）アパッシュ（Apache）は二十世紀初めごろに現れた言葉で、今では古風な表現。都会のならず者、チンピラの意。アメリカインディアンのアパッチ族（Apaches）が狂暴と誤解されていたことに由来する。

（注23）「ファルネジーナ荘」（Villa Farnesina）は、一五〇六年から一五一二年頃にかけて、銀行家アゴスティーノ・キージがローマに別荘として建てたものを、一五八〇年頃にファルネーゼ家が買取り別邸とした。現在は、国立科学アカデミー（Accademia Nazionale dei Lincei）が管理している。ラファエロとその弟子たちによる連作壁画で有名。その「アモーレとプシケ（エロースとプシューケー）の間」（La Loggia di Amore e Psiche）に、エロース

アモーレとプシケの間

ファルネジーナ荘（ローマ）

とプシューケーの婚姻の壁画がある〔192頁写真参照〕。なお、一五一五年頃から一五八九年にかけて、ファルネーゼ家が建てた「ファルネーゼ宮」(Palazzo Farneze) とは別で、こちらは現在フランス大使館として使われている。

(注24) ピエールは、イタリア語で《Chi lo sa?》(そんなこと、誰が知ってるっていうの?) と言った。

(注25) パリ県、セーヌ＝エ＝マルヌ県を含む八県からなる現地域圏のひとつの呼称である (中心パリ市)。また、パリ盆地を中心とする旧地方名でもある。

(注26) 「パリ」と訳した箇所の原文フランス語は《la nef de la Cité》(大帆船《はんせん》シテ) である。パリ市紋章には、セーヌ川を航行する艤装《ぎそう》された大帆船《はんせん》 (la nef équipée) がデザイン化されていて、そこにはラテン語の標語 FLUCTUAT NEC MERGITUR (たゆたえども沈まず) が記されている。このことから、「大帆船《はんせん》シテ」は「パリ」を指していると思われる。
また、「パリ」を「大帆船《はんせん》」で表象したのは、その直前の地域圏名「イル＝ドゥ＝フランス」(Ile-de-France) を直訳すると「フランス島」なので、ふたつ並べると、《津波のように押し寄せ……》(...déborder, comme un raz de marée) の比喩に、イメージが呼応するからだろう。

(注27) 西インド諸島、仏領マルティニック島北部にある火山で、高さ一三九七メートル。一九〇二年の大噴火では、発生した熱雲がサン・ピエールの町を覆《おお》い、全滅させた。

（注28）パリ六区にあるカトリック教会。リュクサンブール宮殿のほぼ北方向、徒歩で数分のところにある。

（注29）春分後の最初の満月の後の日曜日で、移動祝日。

（注30）魔法使いが杖をくるりと回して作る光の輪。

（注31）復活祭の一週間前の日曜日。「枝の主日」は「受難の主日」とも呼ばれ、聖週間（受難週）の初日になる。「復活祭」が移動祝日なので、その一週間前の「枝の主日」も移動祝日。

（注32）パリの北郊外、八・三キロのところにある町。イル＝ドゥ＝フランス地域圏のセーヌ＝サン＝ドゥニ県に属す。

（注33）フランス北部の川。ピカルディ地域圏のサン・カンタン東部に源流を持ち、西北西に流れ、アミアンを通り、英仏海峡のソンム湾に注ぐ。なお、英仏海峡を、フランス人は「マーンシュ」（Manche）と呼び、イギリス人は「ドーヴァー海峡」（Straits of Dover）と呼ぶ。

（注34）シャヴィルは、イル＝ドゥ＝フランス地域圏のオ＝ドゥ＝セーヌ県に属し、パリから南西方向約十三キロ、ヴェルサイユから約五キロの所にあるコミューヌ（自治体）。その行政地域のほぼ半分近くが、ムードン及びフォース・ルポーズの国有林で占められている。また、「シャヴィルの森」（le bois de Chaville）という地理上の場所はないが、原文を直訳すれば、

《シャヴィルの森々》(les bois de Chaville) と複数形で書かれていることからみて、ロマン・ロランは、ムードン及びフォース・ルポーズの国有林をひっくるめて、そう表現したのだろう。このことから、作中、ピエールとリュスが行った森は、実際には「ムードンの森」であったと推測される。なぜなら、パリからこの森へは、最短で三・五キロほどの距離しかないからだ。

(注35) 枝の主日。

(注36) ギリシャ神話の復讐の女神エリーニュスのローマ神話名。翼を持ち、頭髪は蛇の恐ろしい形相。

(注37) 枝の主日から復活祭の前日までの一週間。

(注38) フランスの国歌で、『マルセイユの歌』という意味。一九七二年四月二十日、フランスはオーストリアに宣戦布告。ストラスブール市長ディートリッヒは、たまたま駐屯していた工兵大尉ルージェ・ドゥ・リールに、軍の士気を高めるための歌を依頼した。ルージェ・ドゥ・リールは、一夜のうちに作詞作曲したという。最初の曲名は『ライン軍のための軍歌』だった。

(注39) ピエール・ドゥ・ロンサールは、フランス十六世紀プレイヤッド派の詩人で、際立った技

巧の持ち主。叙事詩・哲学詩・風刺詩とジャンルは広いが、不朽の名作は恋愛詩である。こここでの引用は、『第一恋愛詩集』所収の「カッサンドルへの頌歌」七九番目のソネットから。

カッサンドルは、ロンサールの恋人。

（注40）復活祭の前の月曜日と水曜日。

（注41）作曲家クロード・ドゥビュッシー（Claude Debussy 1862-1918）のこと。イル＝ドゥ＝フランス地域圏のサン＝ジェルマン＝アン＝レーで生まれ、パリで死んだ。《当時のフランス音楽から出発し、ショパンやワーグナーの影響を受けたが、ドイツ・ロマン派の世界観的な観念芸術から離れ、表現の新たな直接性を追求する。その刺激をムソルグスキー、ガムラン音楽（一八八九年のパリ万博）、印象主義の画家や象徴主義の詩人、フランスの音楽史（ラモー、クープラン）から受けた》〔ウルリヒ・ミヒェルス編『図解音楽事典』白水社、一九八九年〕。

（注42）復活祭の前の木曜日。つまり、イエスが十字架に磔《はりつけ》にされた日の前日、最後の晩餐の日。

（注43）復活祭の前の金曜日。イエスが十字架に磔《はりつけ》にされた日。

（注44）正式には、サン・ジェルヴェ＝サン・プロテ教会。パリ四区の市庁舎裏の道路をはさんで東側にある。ほぼ今の形に完成したのは十七世紀。フランボワイヤン様式のボールト、十六世紀の美しいステンドグラス、一六〇一年のパリ最古のパイプオルガンなどで有名だ。

一九一八年三月二十九日聖金曜日に、ドイツ軍の砲弾によってボールトが吹き飛ばされ、信者約一六〇人が死傷した。この惨事の報を、ロマン・ロランは当時スイスにいて聞き、衝撃を受けた。

（注45）イエスが十字架に磔《はりつけ》にされた日。

（注46）シテ島の南側、セーヌ川沿いで、西のヌフ橋から東のサン・ミシェル橋までの通り。そのまま東の方に歩き続けると、ノートル・ダム大聖堂にでる。

（注47）正式にはノートル・ダム・ドゥ・パリ大聖堂。十二、三世紀に聖母マリア信仰が勃興したことで、一一六三年に着工、一三四五年に完成した。シテ島の東南部分に位置し、ここは二千年の昔から人々の祈りの場所だった。パリでもっとも美しいゴシック様式の宗教建築物。

（注48）ここでの《籠の藁《わら》》の「籠」（corbeille）は、「婚約時に男性が女性に贈るプレゼント、あるいは結婚時に新郎新婦に贈る結婚祝の品」を、フランス語で《corbeille de mariage》と表現することを踏まえての比喩だと思われる。ピエールとリュスは、この時、この教会で、自分たちだけの結婚式を挙げたのだから。

第二部

『ピエールとリュス』を読む

三木原　浩史

はじめに

ロマン・ロランは、一九一八年五月十八日付の手紙で、若い友人ジャン・ドゥ・サン＝プリ宛に、次のように書き送っている。

すでに言ったかどうか分かりませんが、私はかなり奇妙な一幕物風刺劇を書き上げましたし、——もうひとつの瞑想小説から気を紛らわせるために、一篇の夢見がちな短い物語（un bref récit romanesque）にとりかかりました（……）。〔Romain Rolland: *Cahiers Romain Rolland* 25, Ed. Albin Michel, Paris, 1980, p.78.〕

文中、《奇妙な一幕物風刺劇》とは戯曲『リリュリ』（*Liluli*）のこと、《瞑想小説》は長編小説『クレランボー』（*Clerambault*）、そして《夢見がちな短い物語》とあるのが『ピエールとリュス』（*Pierre et Luce*）だ。この《夢見がちな《ロマネスク》》という一語に、ロランは、現実生活の内なる延長上に、ささやかな理想を追い求めずにはいられなかった、純朴な主人公たちの夢見の姿勢を込めている。

ともあれ、いずれもが第一次世界大戦の試練のただなかで懐胎した作品と言ってよい。事実、『ピエールとリュス』は、一九一八年春から夏にかけてのほぼ三カ月間で書き上げられた。後の世代からみれば、第一次世界大戦の末期にあたるこの時期も、当時にあっては、戦争はまだ当分続くだろう、というのが大方の予想だった。開戦四年半たったというのに、西部戦線ではドイツ軍と激戦中、今もなお戦雲晴れやらずという状況。作中主人公、十八歳の青年ピエールのような若者にとっては、未来も希望も信仰も信頼もみいだしえない、出口なしの暗い時代情況だった。

そんな折もおり、礼拝中のサン・ジェルヴェ教会が、ドイツ空軍に爆撃された。一九一八年三月二十九日、聖金曜日のことだ。爆死した人々のほとんどが、無力でいたいけない子どもや女性たちだったことに、ロランの感情は、過度に刺激される。その日の日記の、抑制された記述の行間からは、ロランの言いようのない怒りと深い悲しみが滲《にじ》みでている。

聖金曜日、三月二十九日午後四時、暗闇《テネブレ》の聖務の最中に、ドイツ軍の爆弾がパリの或る教会の上に落ち、ゴチック様式の穹窿《きゆうりゆう》をうち砕き、一六五人の犠牲者（死者七五人）をだした。その大部分が婦女子だった。キリスト教徒である皇帝が、このようなやり方で、自らの信仰を表明する。〔Romain Rolland: *Journal des Années de Guerre, 1914-1919*, Ed. Albin Michel, Paris, 1952, pp.1438-9.〕

ただし、実際の死者の数は、ロランの記述より、もっと多かったようだ。たとえば、ジャン＝ロベール・ピット編・木村尚三郎監訳『パリ歴史地図』〔東京書籍、二〇〇〇年、一二二頁〕には、この日、《サン・ジェルヴェ教会では、聖金曜日の礼拝中にアーチ天井が崩れ九十一人の死者を出した》との記述が見られる。

「暗闇の聖務」とは、復活祭前週の聖木曜日・聖金曜日・聖土曜日の重要な朝課だ。朝課とはいえ、実際には真夜中に行われるが、《聖歌が唱えられるごとに、三角形の燭台上の十五本の大蠟燭があいついで消されてゆく。これは、主の受難のあいだ、弟子たちがほとんどすべて背いていたことを象徴する》儀式〔『ロマン・ロラン全集30』村上光彦訳注、みすず書房、一四六三頁〕とされる。

とすると、ドイツ空軍によるサン・ジェルヴェ教会爆撃は、二重の意味で冒瀆と言えるだろう。ひとつには、キリスト教徒を自認するドイツ皇帝が、同じキリスト教徒の、それも無抵抗な非戦闘員を殺戮したということ。いまひとつは、結果的にではあるにせよ、「暗闇の聖務」という典礼そのものの破壊になったこと。「暗闇の聖務」は、「主」に背いた使徒たちの記憶を、たえずキリスト者の心のなかに呼び覚まし、根源的な自省を促すためのものであろうから、その破壊行為は、いま一度、「主」を裏切ることの、ひいては大量殺戮の肯定につながる。

このサン・ジェルヴェ教会空爆を、読者の記憶に永遠に刻みつけようとするかのように、――確かに、執筆の直接の契機だったが、――この珠玉の作品『ピエールとリュス』は、その日付、一九一八年三月二十九日で閉じられている。開始は、約二カ月さかのぼった、同年一月三十日水曜日、つまり、パリで初めて非戦闘員の犠牲者がでた日の夕刻だ。この日のロランの日記の記述も、さきほど同様、淡々としている、――《ドイツ軍飛行機によるパリ爆撃。クリスマス最後の夜、連合国がラインの町々に加えた爆撃にたいする報復として、一万四千キログラムの爆弾を投下。死者約四十人。負傷者二百人近く》〔Romain Rolland: *Journal des Années de Guerre, 1914-1919*, Ed. Albin Michel, Paris, 1952, pp.1398-9.〕。

『ピエールとリュス』について、ドイツの文豪ヘルマン・ヘッセが寄せた短評を紹介しておこう。

短くて、魅力あふれるこの作品は、ロランの数々の偉大な作品のうちでは、目立たないかもしれない。しかし、この作品には、もっとも純粋な詩情の幾ページかが含まれている。これは、愛し合っている若い一組の男女、十八歳のパリの一高校生《リセアン》と、自分の生活の資を得るために働かなければならない、かわいそうな一少女との物語だ。ふたりとも、まだほんの子供だが、しかし、そのふたりの上を、運命の不吉な気配が漠然と漂っている。と言うのは、ピエールは、——戦争が、パリの間近で猛威を奮っていて、——すでに徴兵が決まっており、もはや数週間あるいは数日の猶予しか残されていないからだ。戦場に、炸裂する榴弾《りゅうだん》と戦死者たちとのただなかに、別世界に属する幾輪かの美しい平和な花々が咲きでるように、戦時のパリのただなかで、このふたりの素敵な子供たちは、愛の花として咲きでるのだ。》〔*Cahiers Romain Rolland, 21*, Ed. Albin Michel, Paris, 1972, pp.82-83.〕

サン・ジェルヴェ教会

以後、引用文のうしろの〔　〕内に示す頁は、特に断りのないものは、本書第一部『ピエールとリュス』の頁である。

第一章　牧歌世界の記号を求めて

ロマン・ロランの研究家ジャック・ロビシェは、ロラン自身が言う《夢見がちな短い物語》を、《悲劇的な牧歌》（Idylle tragique）〔Jacques Robichez: *Romain Rolland*, Ed. Hatier, Paris, 1961, p.169.〕と評し、称えている。

《Idylle》（牧歌）とは、本来は、《牧人たちの恋愛を描写した、田園を背景にする小詩篇》〔『小学館ロベール仏和大辞典』〕のことで、現存する起源を辿れば、前三世紀、古代ギリシャのテオクリトスの牧歌（les Idylles de Théocrite）に行きつく。それゆえ、ロビシェが散文小説『ピエールとリュス』を「牧歌」と呼んだのはもちろん比喩で、《Idylle》から派生した《清純な恋》という現代的な意味合いだろう。「悲劇的な清純な恋」というわけだ。ただそれでも、ロビシェがあえて「牧歌」という言葉を使用したのは、単なるメロドラマではなく、作品全体に、どこか擬古的な、牧歌的な雰囲気が漂っていることを意識したからだろう。

とはいえ、『ピエールとリュス』の時代背景は二十世紀初めの大都会パリ、遠い過去の物語ではない。若者ふたりの「愛」のありようが、「牧歌」と感じられてくるためには、作者によって、作品のなかに、「牧歌的」と感じさせるための「舞台装置」が、あらかじめ仕組まれていなければならない。その装置とは何か、どこにあるのか？

一概《いちがい》に「牧歌」と言っても、フランス語では、Idylle 以外に Pastorale、Eglogue、Bergeries、Bucolique 等の使い分けがあり、微妙な差異があるが、今はそれはおくとして話を進めよう。川崎寿彦氏は、その著『楽園と庭』のなかで、《伝統的な牧歌詩において、森はその不動の姿ゆえに静的な牧歌世界の記号となり、［……］称えられた》〔中公新書、二〇二頁〕と述べている。

但し、牧歌世界の記号は、「森」だけとはかぎらない。少なくとも、「森」に付随するさまざまな要素、たとえば、こんこんと清水の湧き出る泉、青々とした樹々《きぎ》や草、花、小鳥、動物たち、さらに、森に隣接する緑の牧場や田園、そばを流れる小川、羊、山羊なども、人工や文明と対極にあるという点で、当然、牧歌世界の記号となりうるだろう。泉のほとり、木陰にいて、恋人を想い戯れる樹陰の安逸などは、典型的な牧歌のスタイルだ。言い換えれば、こういう「記号」の存在するところに、おのずと牧歌的雰囲気は醸《かも》しだされる、ということだろう。

パリの真ん中にも、素朴な田舎や、僧院の小さな庭や、泉の清らかさはいくつもある。

［……］ピエールは、これまで恋というものを知らずにいた。そしてピエールは、その初めての恋の呼びかけに、身を任《まか》せたのだった。〔25−26頁〕

そこでまず、記号としての「森」を、『ピエールとリュス』のなかに読み取ることから、順次、始めよう。その過程で、この小説が、本当に、一篇の《悲劇的な牧歌》と呼ぶにふさわしいかが、明らかになるだろう。

【一】森と妖精たち

三月、枝の日曜日の前日の午後、ピエールとリュスは、町の群衆を逃れて、パリ南西郊外のシャヴィルの森に、――実名では、多分、ムードンの森に、――でかける。森には、燦々《さんさん》と陽光が降り注ぎ、木漏《こも》れ日が地面に敷きつめられた落ち葉の上を、きらきらと走る。裸の梢越しに、澄み切った青空が覗《のぞ》く。喧騒《けんそう》と混乱の大都会に隣接していながら、それとは隔絶された、静穏な「森」。不変の「森」は、限りなく懐かしい「過去性」の象徴だ。とすれば、現在における牧歌世界の発見とは、失われた平和な過去、――過去の楽園、――に逢着《ほうちゃく》することと同義かもしれない。

ムードンの森で憩う人々
（シャヴィル・リヴ・ゴーシュ駅近く）

ピエールとリュスは、手に手をとって、「森」という舞台に上がる。初春の柔らかな光が、スポットライトの役目を果たす。ブドウの新酒を飲み干《ほ》したあとのように、恋に酔ったふたりの舌はよく回らない。土手をよじ登り、雑木林の空き地の《スミレが芽をだしはじめている枯葉の上に、ならんで横たわった。》〔97頁〕遠くの砲声と、明日の祭りを告げる村の鐘の音に混じって、《小鳥たちの早春のさえずり》〔97頁〕が、聞こえてきた。《リュスは、無言のまま、両手で最愛の人の耳を、目を、鼻を、唇を愛撫していた。霊的ないとしいその手は、妖精物語(le conte de fées) にでてくるように、指先に小さな口を持っているように思えた！》〔98頁〕

この場面、リュスが「妖精」に喩《たと》えられている。なら、ピエールは「誰」だと言うのだろう。ドイツ・ロマン派の作家フリードリッヒ・フーケが描いた『ウンディーネ』のように、若い騎士だろうか？　イタリア・ルネッサンス期の作家ジョヴァンニ・バッティスタ・グァリーニ作『忠実な羊飼い』のように、美しい羊飼いの若者だろうか？　はたまた、古代ギリシャ・ローマ神話に登場するパンのように、無邪気で気まぐれでやんちゃな神々のひとりだろうか？パンは、森林や、山野や、羊の群れや羊飼いの守護神だし……。


　そしてリュスは、落ち着きを取り戻した目で、あらためて、空のやさしさや、生き返った木々や、花々の息吹を見た。

「なんて美しいんでしょう！」と、リュスは言った。〔……〕リュスはぷっと吹き出すと、ぱっと跳ね起き、森のなかに駆けこんで、叫んだ。

「つかまえて、あたしを！」〔102–103頁〕

いずれにせよ、「リュス」が「妖精」に喩《たと》えられたことで、リュスとピエールの恋は、俄然、《牧歌的な愛》の様相を呈してきた。なぜなら「妖精」(fée) は、生活の舞台が森や川や牧場であるだけに、おのずと牧歌世界を作りなすのだ。

*

「妖精」は、もう一カ所、登場する。ピエールとリュスが、パリの街を、肩を並べて歩いていたときだ。リュスの視線が、ふと、たった今、通り過ぎたばかりの靴屋の店先の《一足の上等の革の編み上げ靴》〔58頁〕の上にとまる、――《「きれいだなあ！」「愛くるしいわ！」「大きすぎないかなあ？」「いえ、ぴったりよ」「じゃあ、あれを買うことにすれば？」「お金持ちでなくっちゃ。(『キャピュシーヌを踊りましょう』の一節を口ずさんで……) 〝でも、それは、あたしたち用じゃないわ！〟》〔58－59頁〕、――。

『キャピュシーヌを踊りましょう』(*Dansons la capucine*) は、よく知られたシャンソンで、歌詞一番はこうだ。〔Martin Pénet: *Mémoire de la chanson,1200 chansons du Moyen-Age à 1919,* Omnibus, Paris, 2004, p.124.〕

キャピュシーヌを踊ろう	Dansons la capucine
私たちの家にはパンがない	Y'a pas de pain chez nous
隣の家にはあるけど	Y'en a chez la voisine
でも、私たち用じゃない、ユー！	Mais ce n'est pas pour nous Yiou!

歌詞二番以降は、歌詞一番の「パン」の部分を、ブドウ酒（vin）、ミルク（lait）、塩（sel）、お菓子（bonbon）、服（habits）というふうに置き換え、歌いついでいく。隣家には、パンもミルクもお菓子もあるが、自分の家には何もない……。単にそれだけ聞けば、ただただ貧しく惨めで暗いだけだが、軽快で、陽気で、弾むようなリズムは、一切そんなことを感じさせない。最後の歓声「ユー！」からは、悲観を一瞬のうちに弾き飛ばす、人生への高らかな肯定がほとばしりでている。実際、引用したマルタン・ペネ版の最後の歌詞は、《キャピュシーヌを踊ろう／私たちの家には喜びがある／隣家では泣き声なのに／私たちの家ではいつも笑い声、ユー！》で、締めくくられている。

同様、リュスも、貧しさゆえの辛さ、悲しさ、屈辱を、——少しでも気を緩めたら最後、際限なく崩れ落ちそうになる自分を、——『キャピュシーヌを踊りましょう』の一節、《でも、私たち用じゃない》を実際に声にだすことで、爽やかに解消しようとしたのだろう、きっぱり諦めるために、未練を断ち切るために。笑い声さえ絶えなければ、ふたりは幸せなのだから！

いや、それだけではないだろう。躊躇するピエールを励まして、店の前から立ち去らせる決意をさせるのに、この歌の一節が必要だったのだ。そして、今なぜか、ふたりのいる通りが、オペラ・ガルニエ前の広場を東西にのびる大通り、ブールヴァール・ドゥ・キャピュシーヌのように思えてきた。だとすると、歌のタイトルとの符合が面白い。舞台としても、賑やかな地区だけにうってつけだ。が、残念ながら、作中に通りの指定はない。

ところで、この足にぴったり合う《一足の上等の革の編み上げ靴》と、買うことなど望むべくもない貧しさとが、今、「一少女」リュスのなかで、ふたつながらイメージとして重なり、過去のメルヘン、――シャルル・ペローの童話『シンデレラ（サンドリオン）』の世界、――へと誘《いざな》っていく。

シンデレラは、心のやさしい娘だったが、継母からひどいいじめを受けていた。名付け親の妖精の魔法のおかげで美しく変身し、立派な馬車に御者・従者を従えて、王子様の舞踏会に行く。そこで、王子様に見初《みそ》められるが、魔法のとける真夜中前に慌てて逃げ帰ろうとし、片方のきれいなガラスの上靴を落としてしまう。王子様は、残された上靴にぴったり合う華奢《きゃしゃ》な足の女性を探し求め、シンデレラを見つけだす。その後、ふたりは王宮で幸せな生涯を送った。

「どうして？　シンデレラは、ちゃんとガラスの上靴を履《は》いてたよ！」
「あの頃には、まだ妖精たちがいたわ」
「この頃だって、やっぱり恋人たちはいるよ」
リュスは、歌うように小声で、

「いえいえ、あなた、いけないわ！」と答えた。〔59頁〕

リュスの明るくハミングするような語り口は、――《『キャピュシーヌを踊りましょう』の一節を口ずさんで……》とか、《歌うように小声で》とか、――まるで、「牧歌劇」の一場面を彷彿《ほうふつ》させる。

さらに、リュスの台詞にみられる《あの頃には、まだ妖精たちがいたわ》の「妖精」とは、もちろん乙女の願いをかなえてくれる、不思議な力を備えた伝説の妖精のことだが、ピエールは、その「妖精」を《恋人》と置き換えて現実化し、自分自身の存在理由としている。かつての「妖精」はいなくても、それに代わる素晴らしい「恋する青年」が、目の前にいるではありませんか、と。ここに、「ピエール」＝「恋人役」＝「妖精」の等式が成立する。

とはいえ、「妖精」は、女性のイメージで捉えるのが普通だろうから、――事実、フランス語では女性名詞だし、日本語でも「仙女」と訳すことがあるくらいだから、――「ピエール」＝「妖精」の図式は、一種の偽装といえよう。だとしても、支障はない。男性が仮装して、空想の牧歌劇の女性の役割を演じていると思えば。それどころか、作中で、ピエールが、実際に「女性」に喩《たと》えられ、しかも、リュスがその「愛人」(l'amant)、つまりは「男性」に見立てられている場面がある。

クリュニー小公園入口
（ピエールの家はこの近くという設定）

復活祭の前々週のこと。リュスの家は、貧しい労働者街の一角にあり、《二階建てで、生け垣に囲まれた小さな中庭と、二、三本の生育の悪い小灌木《かんぼく》と、［……］四角い菜園》〔63頁〕を備えていた。その狭く粗末な「中庭」で、ふたりだけの午後を寄り添って過ごした。未来の住居のこと、仕事のこと、自分たちのささやかな家庭生活のこと、部屋に入れるさまざまな家具や調度品や書類の置き場所といった細かいことに思いを巡らせ、空想の新居を作り上げて楽しんでいた。新婚生活の、ほんの一コマを想像するだけで、リュスの目には涙が浮かんだ。

　リュスには分かっていた、家庭環境のあまりの違いゆえに、結婚は不可能だろうということが。ピエールも、同じことを漠然と予感していた。身分の違いなど思いもよらず、単に生来のペシミズムから。なのに、お互い、相手に悟られまい、傷つけまいとして、黙っていた。せめて夢を見ているあいだぐらい、その喜びを味わっていたいと願っていた。事実、夢から覚めたとき、つい今しがた、現実にその喜びを共にし、生活していたかのような錯覚に陥り、ふたりともグッタリ疲れるのだった。

《生け垣に囲まれ》たこの平穏な「中庭」、——文学史でいう「閉ざされた園」、——には、春の花々が芽吹こうとしていた。同様に、ふたりの青春の蕾《つぼみ》も、おずおずと花開こうとしていた。つる草のはう棚の下で、ふたりは、明るい陽射《ひざ》しを、流れゆく雲を、漂ってくる樹液の匂いを嗅ぎながら、定かならぬ夢想に耽《ふけ》る。こうした「牧歌性」は、常に「過去性」を、——過去への誘《いざな》いを、——伴っていて、今の現実の生とは異なる、かつてあったはずの生の夢を花開かせる、——《「リュス、おぼえていない？……　ずっとずっと前から……　もう、ぼくたち、こんなふうだったたってこと……」「そうね、［……］ほんとね。みんなおぼえているわ、何もかもよ……　でも、あたしたち、いったい、どこにいたのかしら？」》〔112頁〕、——。

一度でも真剣な恋を経験したものなら、分かるはずだ。こうしたヴィジョンを共に見ることが、お互い、真実、深く愛し合っている唯一の証《あかし》なのだ、ということを。結ばれる以前に、すでに結ばれていたのだという、あの神的な一致こそが。

実際、ロマン・ロランは、『内面の旅路』のなかで、《夢もまた、真実在的なものの必要欠くべからざる部分である》、《生という夢のための時があり、また夢という生のための時がある》と記して、夢が持つある種の真実を称揚している〔Romain Rolland: *Le Voyage Intérieur*, Ed. Albin Michel, Paris, 1959, p.184, p.298.〕。

この生の夢の世界で、ふたりの思いの翼は、果てしなく羽ばたく。自分たちは、かつてどんな姿で知り合っていたのだろう？ いずれにせよ、《確かにその時は、女の子のほうがピエールで、リュスがその恋人だった……》〔112頁〕。なら、先程のピエールを「妖精」に見立てる図式も、決して荒唐無稽なものではない、ということだ。

【二】夢の過去、二羽の小鳥たち

夢の過去にあって、織りなされ、紡ぎだされるピエールとリュスのイメージは、人間の形姿に留まらない。

> それとも、空中を舞う小鳥たち？…… リュスは幼かった頃、よく母に、煙突から落ちてきた小さなガン（une petite oie sauvage）だったのよ、と言われたものだった。ああ！きっと羽を折ってしまったのね！…… 〔112頁〕

幼いリュスが、一羽の「小さなガン」、——ガンの雛《ひな》、——に喩《たと》えられている。古風なフランス語で《une oie blanche》（白いガン）というと、「うぶな娘」のことを指すそうだから、母の比喩も、おかしくはないだろう。それどころか、リュスが《小さなガン》なら、リュスの母は「母鳥のガン」ということになり、すぐにも連想されるのは、シャルル・ペローの作品名《*Contes de ma mère l'oie*》だ。ただ、ここでの《oie》は、《oie sauvage》（ガン）ではなく、《oie domestique》（ガチョウ）のことで、『ガチョウおばさんのお話』と訳されている。要するにおとぎ話だが、この連想の効用で、幼いリュスと母の二項関係に、メルヘン風の雰囲気がほんのりと漂う。また、《煙突から落ちてきた》とあるが、コウノトリが運んでくると子供たちに教えていた時代の赤ちゃんは、「窓」から届けられた。「窓」からであれ「煙突」からであれ、そうした「入り口」（＝出口）を通して赤ちゃんがもたらされるという比喩は、母親の出産という行為のメルヘン化にほかならないだろう。

　他方、ピエールはどうだろう。初めて、リュスの家を訪ねたとき、ピエールは、自分の子供のころの写真を何枚か持参した。眼前にいて、素直に喜んでいるピエールに比べると、写真のなかの幼いピエールの目はどこか精彩がないと、リュスにはそう感じられた。

このブルジョワの幼い箱入り息子の目は、籠の鳥たち（des oiseaux en cage）みたいなもので、光に欠けているからだ。〔65頁〕

《籠の鳥たち》に喩《たと》えられているのは、直接にはピエールの《光に欠け》た両目（les yeux）だが、それがそのまま幼いピエールその人を表象している。とすると、幼いリュスが《小さなガン》で、幼いピエールが、《小さな鳥》だということになった。ピエールとリュスが、初めて地下鉄のなかで出会い、《こうしてふたりは、暗闇に守られて、おなじ巣にうずくまった二羽の小鳥のように、手を取りあったままでいた》〔10頁〕という場面の比喩の重要さが分かってきた。しかも、「二羽の小鳥」のそれぞれに、落下のイメージと捕らわれのイメージが付きまとう。このふたつのイメージが重なり合い暗示する先は、紛れもなく、「死」の影にほかならない。小説の末尾を知るものは、その悲劇的な結末と、今見たばかりの暗示との符合に、震《しん》撼《かん》させられる。同時に、その昔、幼い者の姿のうちに、その者の未来を、定まった運命を予言してみせた、古代ギリシャの神託を、思いださざるをえない。

逆説的だが、現世こそは仮象にすぎない。それぞれが、別々の夢を見て、その夢のなかで別々の人生を営んでいた過去の夢の世界こそが、真実在の世界なのだ。自分たちふたりは、本当に一度も離れて暮らしていたことなどなかった、――「二羽の小鳥」は、常に一緒だった、

――ピエールは、そう信じている。

「ぼくね、ぼく思うんだけど、ぼくたち、これまで一度だって離ればなれになったことなかったんだよ。ぼくたち、一緒にいたんだよ、今こうしているようにね、寄り添って寝そべっていたんだ。ただ、眠っていて、いろんな夢を見ていたんだよ。時折、目が覚める……　うっすらと……　で、ぼくは感じる、きみの寝息を、触れ合ったきみの頬を……　やっとの思いで、ぼくたちは口を近づける……　また眠りに落ちる……可愛い、可愛いきみ、ぼくはちゃんとここにいるよ、きみの手を握って、ぼくを離さないで！……　今はまだ、ほんとにその時じゃない、春はやっと冷えきった鼻先を見せたばかりだもの……」

「あなたの鼻先みたいにね」と、リュスは言った。

「やがて、ぼくたち、ある夏の日に、目を覚ますだろう……」

「あたしたちが、その夏の日になりましょうよ」と、リュスは言った。

「……菩提樹《ぼだいじゅ》の暖かい木陰、木漏《こも》れ日、歌うミツバチ……」

「……果樹牆《かじゅしょう》に実る桃と香りのいい果実……」

「……刈り入れする人たちの昼寝とその黄金色の小麦の束……」

「……牧場の草を反芻《はんすう》しているのろまな羊の群れ……」
「……そして夕暮れ、日の入りのころには、まるで花の咲き誇る池のように、液状の光が野原すれすれに流れていく……」〔113－114頁〕

まるで「牧歌劇」のなかの台詞だ。シェイクスピアの『夏の夜の夢』の一場面を彷彿《ほうふつ》させる。リュスの自宅の「中庭」＝「閉ざされた園」を空想の舞台に、相思相愛の男女が歌い上げた、夢幻に満ちた《二重唱》だ。そのとき、ふたりは「妖精」とその「恋人」の図式であってもいいし、「二羽の小鳥」の姿を借りた恋愛劇であってもいい。もっと一般的な「羊飼いの若者」と「羊飼いの娘」の抒情を空想してみたってかまわない、……自由だ。

「あたしたち、あたしたちの可愛い二重唱を上手に歌ったわよね。ね、そうでしょう、あたしのピエロさん？」
「そうだね、ジェシカ」と、ピエールは言った。〔114頁〕

【三】現代の牧歌的記号、それは公園、泉水、小鳥たち……

ピエールとリュスが、「二羽の小鳥」のイメージで捉えられているということには、すでに触れた。そこでしばし、野に、森に、パリの街角に、公園に、小鳥たちがさえずり、飛びまわる姿を、追い求めてみよう。まず、三月初めのパリの街中に、次に、例のシャヴィルの森の描写から……

三月がまた巡ってきた。日が長くなり、小鳥たちがさえずりはじめた（les premiers chants d'oiseaux）。〔90頁〕

小鳥たちの早春のさえずり（les premiers chants d'oiseaux）と遠くに聞こえる大砲の荒々しい鼻息のような音とが、明日の祝日（枝の主日）を告げるあちこちの村の鐘の音と混じっていた。〔97頁〕

二例の引用文中、傍点部分は、日本語らしくするため表現を変えたが、フランス語では同じ名詞句《les premiers chants d'oiseaux》（小鳥たちの初音）で、「初音」は、すぐにも「初恋」（les premières amours）を連想させるだろう。小鳥たちの初音とは、第一義的には、外なる自然界の小鳥のさえずりだが、同時に、文脈の深層においては、ピエールとリュスの、――「二羽の小鳥」の、――心の内なる初音、つまりは、初恋の歓喜に照応している。実際、なんどかデートを重ねてのち、公園の泉水のそばのベンチで、唐突に、初めてキスをしたときのふたりのぎこちない初心《うぶ》な所作も、不意に、瞬時に、飛び立った際の小鳥の動作に喩《たと》えられていた。この瞬間、体内を走り抜ける律動、共振し合う琴線こそが、「初恋」の旋律＝戦慄なのだ。

ふたりは、おずおずと顔を向け合った。そして、ふたりの眼差しが触れ合うや、ふたりの口は、小鳥たちがぱっと飛び立ったように、一気に合わさった、こわごわだが、すばやく。ついで、さっと飛びのいた。〔50―51頁〕

また、別な場面、《目に見えない「歓喜」が、まるで姿を隠した一羽の小鳥のように、小川の流れのような爽やかな歌をさえずるのだ》〔96頁〕、とあるように、「小鳥」と並んで、「小川」もまた、牧歌的イメージを形作る要素、――「記号」のひとつだ。

＊

ヴィルヘルム・ミュラー作詞、フランツ・シューベルト作曲の有名な歌曲『菩提樹』(Der Lindenbaum) は、従来、近藤朔風訳《泉にそいて茂る菩提樹……》で親しまれてきたが、石井不二雄訳では《市門の前の噴水のそばに／菩提樹が一本立っている。／その木の陰で沢山の／甘い夢をみたものだ》というふうに、「泉」が「噴水」に置き換えられている。実際に、作詞者ミュラーが念頭においていたのは、バートゾーデンの市門のすぐ外側にある「井戸」だったらしい。原語《Brunnen》には、《井戸・噴水・泉》のいずれの意味もあり、その尽きせぬ清水ほど、永遠の生命や、普遍の愛のイメージにふさわしいものはない。

森の自然の「泉」は、文明化とともに人工の「泉」に取って代わられる。「公園」の「泉水」がそうだ。しばしば付随する「噴水」こそ、単に美観、単に遊興ではない、力強く湧き出る水の洗練された象徴にほかならない。実際、フランス語では、森の「泉」も公園の「泉水」も、ともに《fontaine《フォンテーヌ》》で同じだ、――もっとも、後者は《bassin《バッサン》》も使えるが。このとき、「公園」の全体が、――美しく刈りこまれた芝生、四季の花々、マロニエやプラタナスの樹々などからなる全貌が、――自然の「牧場」や「草原」の小型の模型となるだろう。そして、そんな「草原」や「牧場」を縁取るように、あるいは横切るように流れる「小川」をパリの市中に求めるとすれば、あまりに立派すぎるが、「セーヌ川」をおいてほかにない。セーヌ川は、昔も今も

セーヌ河岸の露天の古本屋（第一部　29 頁）

変わらず、恋人たちの集いの場なのだから。

＊

ピエールとリュスが、偶然、二度目にすれ違った場所は、セーヌ川に架かるアール橋《ポン・デ・ザール》のたもとだった。リュスは、デッサン用の紙挟《かみばさ》みを小脇に抱えながら《小鹿のような足どりで》〔29頁〕石段を下りてきた。気づいたピエールが、リュスの方に向かい、石段の途中で視線が合った。うぶなピエールは赤くなった。赤くなったピエールを見て、驚いたリュスも、すぐさま顔を赤らめた。以心伝心だが、ピエールが何も言えないうちに、リュスは立ち去って行く、……《牝鹿《めじか》の小さな足音》〔29頁〕を残して。リュスは、野や森、牧場や草原、あるいは

アール橋、対岸はルーヴル美術館（第一部　29 頁）

アール橋をはさんで、ルーヴル美術館と反対側にフランス学士院がある
（第一部　28 頁）

小川のほとりを駆け巡る、「小鹿」のような身軽さや雰囲気を備えていることが分かる。

ピエールとリュスが三度目に出会ったのは、その一週間後、学生街カルティエ・ラタン近くの美しいリュクサンブール公園だった。二月のパリにしては珍しく、よく晴れた日だった。ピエールは、恋心を胸に、物憂いような、夢見るような気分で、公園のなかを歩きながら、《ほほえんでいた》〔30頁〕。


［……］その唇は、知らず知らずのうちに、とりとめのない言葉を、何かの歌を口ずさんでいた。〔30頁〕

「公園」＝「牧場」における、ピエールのアリアだ。この状況だけで、これから始まろうとする主人公ふたりの恋愛「牧歌劇」の序奏には充分だろう。そして、ひとりほほえみ、ひとり歌う男性歌手ピエールの横を、もう《ひとつの微笑《ほほえみ》》が、《一羽のハトがかすめ飛んでいくように》通り過ぎた〔30頁〕。リュスだ。女性歌手の登場だ。ピエールは、とっさにリュスのほうに駆け寄り、両手を差し伸べる。その無邪気で幼い仕草を、リュスは素直に受け入れる。

「ぼくのこと、からかってらっしゃるんでしょう」と、ピエールは言った。「無理もないんだけど！」

「あたし、からかってなんかいませんわ。――（少女の声は、その足どりと同じように、生、き、い、い、い、き生きとして、しなやかだった。）――あなたがひとりで笑っていらしたので、あたしそんなあなたを見て、つりこまれて笑ったのよ」〔30－31頁〕

リュスの声を評して《生き生きとして》(vif/vive) と訳した形容詞は、音楽用語では、「快速の、軽快な、活発な、生き生きした」の標示記号になる。リュスの弾むような声が、耳元に聞こえてくる。ピエールはリュスを、森の泉に誘うように、公園内の泉、――「ガラテの泉水」(Fontaine de Galatée)、――現在では、「メディシスの泉水」(Fontaine de Médicis)、――の傍に誘う。

「[……] そうだ！　あそこに掛けましょう！　ほんのちょっと、いいでしょう？　とても気持ちいいですよ、水辺は！」〔32頁〕

水辺に、恋する若者がふたり。緑の芝生と暖かい陽光。ここでも、「牧歌劇」のお膳立ては整った。ふたりは、泉水に沿った小道のベンチに腰掛ける。ピエールは、ポケットから一個の

ガラテ（メディシス）の泉水。泉水の向かって左側に沿って
設置されたベンチのひとつに、ピエールとリュスは腰かけた。

メディシス（ガラテ）の泉水の
ベンチに腰掛けて語らう現代の
若いカップル

プチ・パンと一枚の板チョコを取り出してリュスに手渡す。リュスは、《泉水の縁で、身づくろいしているスズメたちを指さし》〔33頁〕ながら、こう言った。

「ねえ、あのピエロたち（ces pierrots）をご覧になって、水浴びしているわ」〔33頁〕

リュスが口にした「ピエロ」（pierrots）は、ここではもちろん幾羽かの「スズメ」、――「ムワノ」（moineaux）、――のことだが、「ムワノ」と言わず、あえて「ピエロ」と表現したのは、この場面で、リュスに何か予感めいたものが働いたからだろうか。「ピエロ」（Pierrot）は、――フランス語では、単数も複数も発音は同じ、――人名「ピエール」（Pierre）の愛称だからだ。この時点で、リュスはこの青年の名前が「ピエール」だということをまだ知らないだけに、リュスは、目の前のスズメに託して、期せずして、間接的に「ピエール」に呼びかけたことになる。

「ピエロ」という音声の意図せざる波及は、それだけには留まらない。「ピエロ」は、文字どおり道化師「ピエロ」（Pierrot）を連想させるからだ。

「ピエロ」は、イタリアの即興仮面劇コンメディア・デッラルテで端役の召使いとして登場して以来、十九世紀前半に、ジャン＝ガスパール・ドゥビュロー（Jean-Gaspart Deburau, 1796-

1846）によって完成されるまで、――ドゥビュローの舞台衣装は、袖の長い、ゆったりした上っ張りをはおり、だぶだぶのズボンをはき、黒い半球型の帽子をかぶって、頭髪をすべて隠してしまうというものだったが、――歴代の「ピエロ」像は、時代により、役者により、複雑多岐な相貌を付与され、演じられてきた。従って、その性格を、ひとことで言うことはできない。素朴で、正直で、……内気で、繊細で、……いやその反対に、おどけたり、ふざけたり、バカなことをしたり、……ただそのなかで、今、ここで必要なのは、滑稽さや愚かさや武骨さとは無縁の、内気で、繊細で、どこか弱々しく、憂愁にみちた、例の白と沈黙に表象されるピエロ、お月様のように青白い顔をした、あの悲しみの「ピエロ」像である。

その「ピエロ」と、今、傍らに並んで座っている「ピエール」の双方を、リュスの言葉、――《ねえ、あのピエロたちをご覧になって》、――の深層部において、感じ取っておかねばならないだろう。《ピエロたちをご覧》は、ここでは別の位相で〈悲しみを見よ！〉と言っているのと同じだから。

ピエールを「ピエロ」と呼びかける、いまひとつの場面。すでに引いたが、受難週に入り、ふたりが、毎日のように、午後中を、リュスの家の狭い庭先で過ごすようになった頃だ。

「あたしたち、あたしたちの可愛い二重唱（duo）を上手に歌ったわよね。ね、そうでしょう、あたしのピエロさん（mon ami Pierrot）？」

「そうだね、ジェシカ（Jessica）」と、ピエールは言った。

「ねえ、かわいそうなピエロさん（mon pauvre Pierrot）」と、リュスは言った。「あたしたち、あまりこの世にふさわしくは生まれついてなかったのよ、ここじゃ、もう『ラ・マルセイエーズ』しか歌うことができないんですもの！……」〈114頁〉

ここで、リュスは、溢れるいとおしさを抑えて、おどけるように、ピエールに「ピエロ」と呼びかけている。あまりに内気で夢想的だったゆえにこの世向きではなかった、あの「ピエロ」同様、戦争の狂熱のなかに入りこめず、社会の片隅で、可愛い清純な恋を慈しんでいる純情なピエールもまた、確かに《あまりこの世にふさわしくは生まれついてなかった》。

リュスとてそうだった。今日を生きるのにせいいっぱいな貧しい少女にとって、戦争など何の意味も持ちえない。ピエール同様、群集の外で、ひそかに愛を育むことだけが生きる喜びだった。

そんなリュスに、ピエールはふざけて「ジェシカ」と呼びかけるが、この呼称からすぐにも連想されるのは、シェイクスピアの『ヴェニスの商人』のなかのユダヤ人高利貸シャイロックの娘、――リュス同様、決して上流階級ではない庶民の娘、――「ジェシカ」だ。この「ジェシカ」にせよ、「ピエロ」にせよ、美しい心を持っていながら、社会から疎外されたところで生きていることだけは確かである。ちょうど、今のピエールとリュスのように。

こうして、リュスの家の中庭でふたりして夢見た「牧歌世界」では、現在のピエールとリュスにかわる過去の「ピエロ」と「ジェシカ」が、それぞれのイメージを、――いや、宿命を、――担いながら、哀しくも切ない「清純な恋」(l'amour idyllique) を繰り広げる。そのとき、ピエールとリュスの会話は、空想の牧歌劇『ピエロとジェシカ』のなかで歌われる《二重唱》(duo) に変じるだろう。

*

戦局は切迫し、ピエールの徴兵も間近になった。死を予感したピエールとリュスは、三月末の聖金曜日に、ふたりの婚姻を、ふたりだけで結ぶために、サン・ジェルヴェ教会に向かう。教会前広場には、たくさんの「ハト」が群がっていた。

サン・ジェルヴェ教会前の広場では、数羽のハトが足もとから飛び立った。教会正面のあたりを飛びかうハトを目で追った。そのなかの一羽（un des oiseaux）が、彫像の頭の上に止まった。教会の前庭の石段をのぼりつめ、これからなかに入ろうとするときに、リュスが振り向くと、数歩はなれた群衆のただなかに、十二歳ぐらいの赤毛の少女（une fillette rousse）がひとり、正面の扉にもたれ、両腕を頭上にあげて、じっと自分のほうを見つめているのが目に入った。その少女は、大聖堂の小さな彫像のように、いくぶん古風でほっそりした顔立ちで、おすましし、お利口そうで、やさしげな、謎めいた微笑《ほほえみ》を浮かべていた。リュスもほほえみ返した、ピエールに少女のことを示しながら。しかし少女（la fillette）の視線はリュスの頭の上を通り越していったかと思うと、突然、驚愕の色を浮かべた。それから、その子は、両手で顔を隠して、姿を消した。

「あの子、どうしたのかしら?」と、リュスは聞いた。

しかし、ピエールは見ていなかった。

ピエールとリュスは、教会のなかに入った。頭上で、ハトがくうくう鳴いていた（le pigeon roucoulait）。〔124－125頁〕

引用部分の最後、《ハトがくうくう鳴いていた》の「ハト」は、原文では《le pigeon》というふうに、定冠詞で限定されているので、さきほど群れから離れて、教会正面の彫像の頭上に止まった例の一羽だろう。そしてこの「ハト」は、飛びかうハトたちの《そのなかの一羽》(un des oiseaux)、つまり、選ばれた一羽と考えていい。その特別な一羽が、今まさに、何かを暗示しようとするかのように、《くうくう鳴いて》いるのだ。ちなみに、「ハト」の鳴き声を示す動詞《roucouler》を、——ここでは、自動詞として使われているが、——『ロワイヤル仏和中辞典』〔旺文社〕で調べてみた。

1 〔鳩が〕くうくうと鳴く。
2 (話) 甘い言葉をささやく。Des amoureux roucoulaient au bord de la rivière. 川辺では恋人たちが甘い言葉をささやいていた。
3 悲しげに(やるせなく)歌を歌う。

こうしてみると、動詞《roucouler》からは、一見、相反する感情を、——恋人どうしでささやかれるときのような甘い響きと、やるせない思いに駆られた際の悲しみの響きとを、——情況に応じて、聴き分けねばならないということが分かる。とすれば、この場面、この選ばれた特別な一羽のハトの鳴き声からは、ひそかに婚姻の儀に向かう若者ふたりへの祝福と、直後に迫っているふたりの悲劇の予告の双方を聴きとらねばならないということだ。いや、むしろ、後者の予兆をより強く。

そして、それには理由がある。リュスが教会内に入る直前、ふりむいた瞬間に目に留まった「赤毛の少女」(une fillette rousse)、——教会正面の大扉にもたれ、両手を頭上に上げ、リュスをじっと見ていたあの「少女」、——の存在だ。「少女」は、初め《やさしげな、謎めいた微笑》を浮かべていたのに、突如、《驚愕の色》を表した。《あの子、どうしたのかしら？》と訝《いぶか》るリュスのつぶやきに、まだこの時点では、リュス自身でさえ自覚していない、心のうちに宿る漠たる不安、——胸騒ぎ、——が投影されている。

そして、死の直前、教会の暗がりのなかで、ふたり寄り添い、美しい荘重なグレゴリオ聖歌に耳を傾けながら、リュスが、《いとしい伴侶に燃えるような眼差し》〔127頁〕を注いだばかりのとき、小礼拝室の赤と金色のステンドグラスのなかに、この「赤毛の少女」は、もう一度、姿を現す。今度もまた、「少女」の姿は、リュスにしか見えなかった。

> 驚きに身がすくんで、声もだせないでいると、その少女の奇妙な顔の上に、ふたたび、さきほどと同じ恐怖と憐れみの表情が浮かぶのが見えた。〔127頁〕

「少女」の姿は、あくまでリュスの目にしか映らない。二度ともそうだった。なぜなら、この

「少女」は、リュスの意識下でたえずうごめく《恐怖と憐れみ》の感情がリュスの肉体から遊離し、幻影として現れでたものにほかならないからだ。言い換えれば、リュスの内部に潜み、リュス自身の懸命な努力によっても抑えこむことのできない感情が人格化されて現出したもの、と言えよう。そういう意味で、「少女」は、リュス自身の分身、――「影」の部分、――を構成している。「明」である現実のリュスが、定かには把握できなくて、当然だろう。

リュスは、またもあの赤毛の少女のことを思い浮かべていた。そして、昨夜、夢のなかで、すでにこの少女を見かけたように思えてならなかった。それが、本当にあったことなのか、それとも、現在の幻影を過去の眠りのなかに投影したものか、リュスには結局のところ分からなかった。〔126頁〕

とすれば、世間知らずで、純情なピエールならいざ知らず、意識下の不安に常に怯えているリュスが、例の一羽の「ハト」のさえずりに、《甘いささやき》、――喜びの歌、――など聴きとるはずはない。生活を、人生を、年齢以上によく知るリュスの鋭敏な聴覚には、多分、悲歌として聞こえてきただろう。いわばそれは、「ハト」の鳴き声を通しての、リュス自身の感情の肉声化だ。

サン・ジェルヴェ教会のなかに入ったピエールとリュスは、小礼拝室の片隅で、お互いの手を握りしめ、指を堅く絡《から》ませる。《ふたりの指は、［結婚の品として新郎新婦に贈られる］ひとつの籠の藁《わら》のように、組み合わされ、絡《から》み合ったままでいた。今や、ただひとつの肉体となって、そのなかを音楽の波がわななきながら駆け巡っていた。ふたりは夢見はじめていた、同じベッドのなかにいるかのように。》〔126頁〕

ピエールは、過ぎ去った短い生涯の日々に思いを馳《は》せていた。霧のたちこめた野原から、太陽を求めて舞い上がるヒバリ（l'alouette qui s'élève）……　なんて遠いんだろう！　なんて高いんだろう！　いつか、あそこに行き着くことができるのだろうか？　霧が深くなった。もはや大地もなければ、大空もない。そして、力がくじける……　聖歌隊席の円天井の下から、母音唱法で歌われるグレゴリオ聖歌が流れていたときのこと、突然、喜びに満ちた歌が湧き上がり、果てしない太陽の海の上を進んでくるヒバリの凍えきった小さな体（le petit corps transi de l'alouette）が、暗がりのなかから現れる……〔126－127頁〕

この世にあって、リュスより先に《太陽を求めて舞い上が》った「ピエール」ヒバリは、ようやく、その短い生涯の最後に、探し求めていた伴侶、――《暗がりのなかから現れた》「リュス」ヒバリ、――と邂逅《かいこう》した。《ふたりは、指をぎゅっと握り合わせていたので、一緒に航海しているような気がした。そして、教会の暗がりのなかで、ぴったりと身を寄せ、美しい歌に耳を傾けている自分たちに気がついた。》〔127頁〕

ピエールの回想は、握りしめた指先を通してリュスに伝わり、いつの間にかリュスの回想と同化、――神的な一致、――を果たす。幼い頃、煙突から落下した小さな「ガン」（＝リュス）と、幽閉されたひ弱な「籠の鳥」（＝ピエール）が、空高く舞い上がる《二羽の小鳥》、――二羽のヒバリ、――に変身し、限りない高みに向かって飛翔する。古来、ヒバリは愛の象徴、――特に朝の愛の象徴、――だ。フランス中世のトルバドゥール、ベルナルト・デ・ヴェンタドルン（ベルナール・ドゥ・ヴァンタドゥール）作『陽の光を浴びて　雲雀が』の冒頭の一節を思い出そう〔白水社『フランス中世文学集1　信仰と愛と』一九九〇年所収〕。

陽の光を浴びて　雲雀が
喜びのあまり羽ばたき舞い上がり
（新倉俊一訳）

今、その喜びに溢れたヒバリは、ピエールであり、リュスだ。《ふたりの心は、愛に溶けあい、もっとも純粋な喜びの絶頂に達していた。そして、ともに熱心に願い、――祈った、――

セーヌ川に架かるアール橋
後方のシテ島の右奥にノートルダム大聖堂の尖塔が覗いている

その絶頂から、もう決して降りないことを。》〔127頁〕

いまや、現実の忌まわしいパリは消え、パリの表徴たるさまざまな「記号」、——ふたりの舞台となった、シャヴィルの森、セーヌ川、アール橋《ポン・デ・ザール》、ノートル・ダム大聖堂、リュクサンブール公園、よく知られた通りの数々、——の向こうに、過去のもうひとつの「記号」、——普遍の田園、牧場、畦道、小川、掛け橋、村の教会、——が、遠望できるだろう。そのとき、ピエールとリュスは、深い祈りに満ちた夢想のなかで、「牧歌世界」を作りなし、自らその世界の悲劇の主人公になりえたといえよう。

＊

しかし、『ピエールとリュス』が一篇の「牧歌」と感じられてくるのは、以上見てきたような牧歌世界の記号の読み替えによるだけとは思えない。「牧歌」という言葉がもつ限りなく懐かしい「過去性」が、別な所から、別な理由を伴い、届けられてくるように思う。それはいったいどこから?……。

それには、この作品、フランス語テキストを、もう一度、第一頁目から紐解く必要があるだろう。PIERRE ET LUCE と題名が記された頁と、本文が始まる頁とのあいだに、まるまる一頁を挟んで印刷された、左のようなラテン語が目に留まる。

AMORI

Pacis Amor Deus
(PROPERCE)

AMORI は、頁の真ん中に、大きな活字で記されているので、作品の献辞という印象を受ける。そして、右下の方に、幾分小さく添えられた Pacis Amor Deus (PROPERCE) は、エピグラフと考えていいだろう。

まず、エピグラフの Pacis Amor Deus だが、前一世紀、古代ローマの恋愛詩人プロペルティウス (Propertius)、——フランス語表記では、プロペルス (Properce)、——の唯一の『詩集』(エレゲイア集) 第三巻第五歌の冒頭の詩行《Pacis Amor deus est, pacem veneramur amantes》から引用されたものだ。中山恒夫氏は「アモルは平和の神にして、恋をするわれらは平和を崇める」と訳している〔『ローマ恋愛詩人集』国文社、一九八五年〕。amor（アモル）は普通名詞としては「愛」「恋」のことだが、これを擬人化した固有名詞Amor（アモル）は、ギリシャ神話のEros（エロース）、ラテン名でのCupido（クピードー）、——いわゆるキューピッド、——を意味する。プロペルティウスのこの詩句では、固有名詞と見るべきなので、ロランが引用した部分は、中山恒夫訳に従えば「アモルは平和の神」となる。しかし、「アモル」も、あるいは「アモル神」としても、日本人には馴染《なじ》みがない。「エロース」だと、性愛ばかりが強調される日本語独特の誤解を生む恐れがあるだろうし、「キューピッド」は英語だし。そこで、原詩がラテン語であることを踏まえ、「愛の神」に「アモル」とルビをふり、《愛の神《アモル》は平和の神》を選択した。

また、献辞AMORIだが、これはAmorの与格で、普通名詞としては《愛に》となる。それでも正解だろうが、エピグラフでAmorが擬人化されていることとの整合性を鑑《かんが》みて、《愛の神《アモル》に》と、やはりルビを振って対応することにした。

ともあれ、献辞とエピグラフがラテン語であるということは重要だ。この引用の擬古性は、作品の牧歌性と共振し、いったい、どんな過去の世界へと、読者を運んでいくのだろう。

第二章　ギリシャ・ローマ神話の世界

「牧歌」が、ヨーロッパの長い歴史のなかで、少数の特異な詩人の感性領域に留まらず、文学の一流派になりえたのは、紀元前七〇年、北イタリアのマントヴァ生まれの詩人、ウェルギリウスに負うところが大きい。十篇の詩からなる「牧歌」を書き残したが、そこには、豊かな自然に恵まれた理想郷アルカディアの地、――現在のギリシャのアルカディア県付近、――で育まれた、牧人の愛が歌われている。以来、牧人の理想郷として、詩だけでなく、美術作品の主要なテーマとされてきた。牧人だけではない。「ギリシャ・ローマ神話」のパン（牧人や家畜の守護神）も、好んでこの地に住み、狩猟をしたり、ニンペ（ニンフ）たちの踊りを指揮したり、自らシュリンクスの笛を発明し、それを奏でて楽しい日々を送っていた。ニコラ・プッサン〔Nicolas Poussin, 1594-1665〕の『パンとシュリンクス』や『アルカディアの牧人たち』は、そのほんの一例にすぎない。

こうしてみると、神々やニンペや羊飼いたちが、――美しい自然を背景に、恋愛遊戯に打ち興じる「ギリシャ・ローマ神話」の世界は、かなりな程度に「牧歌世界」だといえよう、——時に、その強引さゆえに、しばしば悲恋・悲劇に陥る場合があるにせよだ。なら、「牧歌世界」から「ギリシャ・ローマ神話」の世界へは、自然な移行かもしれない。以下、神話のエピソードの要約に関しては、ブルフィンチ著『ギリシア《ママ》・ローマ神話』〈野上弥生子訳、岩波文庫〉に依拠することとする。

【一】アーキスとガラテイア

ピエールとリュスの初デートの場所は、リュクサンブール公園の「ガラテの泉水」(Fontaine de Galatée)、——現在の「メディシスの泉水」(Fontaine de Médicis)、——の傍だった。ガラテは、ギリシャ神話の海のニンペ「ガラテイア」のこと。恋人アーキスと、ガラテイアに横恋慕した一つ眼巨人ポリュペーモスのあいだに起こった悲劇は、牧歌詩人の好んで用いた題材で、筋は次の通りだ。

ガラテイアと十六歳になった若者アーキスは、相思相愛だった。一つ眼巨人〈キュクロープス〉のひとり、ポリュペーモスがガラテイアに恋をする。思いは強烈で、硬い毛を梳《くしけず》り、草刈り鎌でヒゲをそり、醜い顔を少しでもやさしく見せようと涙ぐましい努力をする。何も手につかず、ただ海辺をさ迷い歩き、はては憔悴し、洞窟に横たわるという有様だった。そんなある日も、ポリュペーモスは、海岸の絶壁の上で笛を吹きながらガラテイアの美しさを称え、そのつれなさをなじっていた。岩陰に、ガラテイアとアーキスが隠れているのを知ったポリュペーモスの怒りと嫉妬はすさまじく、その咆哮《ほうこう》にエトナ山も震えたという。ガラテイアはすぐに海に飛びこみ逃れたが、アーキスはポリュペーモスの投げた岩の下敷きになって押し潰された。悲嘆に暮れたガラテイアは、河の神に頼み、アーキスを河に変えてもらう。岩の下から流れ出ていた紫色の血は、次第に青白くなり、やがて透明感を増して

ガラテ（メディシス）の泉水の壁龕《へきがん》
（ポリュペーモスとアーキスとガラテイア）

いき、最後には岩が裂け、清らかな水がほとばしりで、《楽しいささやきを立てる》ようになった。

確かに、「ガラテの泉水」の壁龕《へきがん》には、嫉妬に狂ったポリュペーモスがアーキスを押し潰そうとする瞬間が刻まれている。とすると、泉水に流れ出る水は、変身後のアーキスの象徴だ。そして、岩に押し潰されたアーキスのなかにピエールの未来を見、恐ろしい怪物ポリュペーモスに戦争・殺戮の化身を見ることも、あながち牽強付会《けんきょうふかい》とは言えないだろう。

しかしここは、ピエールとリュスの初めての語らいの場面。近未来の暗い命運の象徴と見る以前に、泉水のほとりに寄り添う現代の可愛いカップルに、海辺で愛を語り合う神話世界のガラテイアとアーキスのイメージを、――なんと牧歌的だろう、――重ねてみる方が自然だろう。「ガラテの泉水」という名称が想起する神話空間で、束の間にもせよ神話的時間を生きてみること。そのとき、現実のふたりの恋は、神話上の恋と共振し、共鳴し、その喜びは、楽しさは、二倍にも三倍にも膨らむだろう。それゆえにこそ、アーキスの河の流れ同様、《楽しいささやきを立て》ているであろう「ガラテの泉水」へとリュスを導いたピエールのさりげないひとこと、――《とても気持ちいいですよ、水辺は！》〔32頁〕、――は、熾烈《しれつ》な現実世界を抜け出し、過去の神話世界、――のどかな牧歌世界、――に誘う呪文の役目を果たしている。

【二】エロースとプシューケー

前線にいたピエールの兄フィリップが、数日の休暇で自宅に戻って来たときのこと。両親は、息子が小出しに持ちだす戦場での様子に敬意をこめて耳を傾ける、――どれほど悲惨で、虚偽と死臭に満ちているか理解しようともせず、また、息子を死地に追いやっているという自覚もないままに。一方、弟のピエールは、どこか幸せそうな様子で、心ここにあらずといった風情。兄は、苛立《いらだ》ちながらも興味をおぼえる。ある日の夕方、フィリップは、モンパルナス大通りで、女の子と一緒にいるピエールと、偶然、すれ違う。フィリップにはすべての謎が解け、そこはかとない憐憫の情がこみ上げる。作者ロマン・ロランは、そのカップル〈ピエールとリュス〉を、フィリップの心理を通しながら、ギリシャ・ローマ神話に登場する〈エロースとプシューケー〉に喩《たと》えている。

「……」ふたりとも周囲のことをほとんど気にかけていなかった。ぴったりと寄り添い、ピエールはリュスと腕を組み、リュスの手を取り、おたがいの指をからませ、ファルネジーナ荘の婚姻の床に横たわるエロースとプシューケーの、あの貪欲な飽くことを知ら

《ファルネジーナ荘の婚姻の床に横たわるエロースとプシューケー》と拡大図

ぬ愛情さながら、小刻みに歩いていた。眼差しによる抱擁は、ふたりを、ひとかたまりの蠟《ろう》のように、ただひとつに溶けこませていた。〔87頁〕

《ファルネジーナ荘の婚姻の床に横たわるエロースとプシューケー》とは、ローマのファルネジーナ荘の「アモーレとプシケ（エロースとプシューケー）の間《ま》」〔135頁参照〕に、ラファエロとその弟子たちによって描かれた壁画を指して言っている。プシューケーの美しさは、美の女神アプロディーテーを凌ぐとさえ言われ、その噂に立腹したアプロディーテーは息子の「愛の神」エロースを呼び寄せ、誰か卑しいつまらぬ男とプシューケーを恋におとすように命じる。

エロースは、寝室で眠るプシューケーの脇腹を矢で突くが、誤って自分も突いてしまい、この時点で相思相愛の運命を担ってしまう。プシューケーの夫は、夜、真っ暗になってから宮殿にやってきて、心から可愛がってはくれるが、その姿を見せない。不安に駆られたプシューケーは、夫が寝入った後、そっと明かりをつけたところ、《黄金の巻き毛は真っ白な頸《くび》と赤い頬《ほお》に乱れて、肩には露にぬれた二つの翼が雪よりも白く、春の花のように艶やかな羽をつけた》、この上もなく美しい愛の神エロースが横たわっていた。見てはいけないという命に背いたことに慨嘆したエロースは、窓から飛び立ち、宮殿や花園とともに、姿を消してしまう。不眠不休、食事もとらず夫を探し求めるプシューケーは、ケレスの女神の助言で、アプロディーテーの神殿を訪ねると、そこに、恋の痛手で病に陥ったエロースが臥《ふ》せっていた。アプロディーテーは、プシューケーに数々の難題を課すが、エロースがゼウスにとりなしを嘆願し、かなえられる。さらにプシューケーは、ゼウスの勧める不老不死の霊酒を飲み、神体になり、エロースと永遠の契りを結ぶ。

この『エロースとプシューケー』の物語は有名なだけに、読者に喚起力と想像力を呼び醒ます。フロイト派精神分析の格好のテーマでもあるが、今はそれはいい。この物語には、エロースを探してひとり山頂に登り、はらはらと悲しみの涙を流すプシューケーを、花咲く谷間にそっと運びおろすゼピュロスとか、眠りに落ちたプシューケーが目を覚ましたときに見た、樹々の木立、美しい泉、荘厳な宮殿、妙《たえ》なる音楽、そして、壁面彫刻の田園風景や狩猟の絵画など、視覚・聴覚を通して膨らんでいく情景は、やはり、一種の牧歌世界だ。腕を組み、肩を寄せ合って歩いて行くピエールとリュスにフィリップが感じたものは、擬古典的な抒情、――つまりは、牧歌性だったのだろう。

ところで、ギリシャ語の「プシューケー」、――フランス語の「プスィシェ」(Psyché)、――には、「魂」という意味と、「蝶」という意味とがある。「プシューケー」=「魂」なら、「エロース」との結びつきは、精神性と性愛の最高度に美しい合一を表象していることになる。

また、「プシューケー」=「蝶」なら、醜い幼虫・毛虫時代を経て、春の訪れとともに美しい翼を広げ、柔らかな陽光を浴び、芳《かぐわ》しい花々のあいだを飛びかう情景が目に浮かぶだろう。狭義には美少女プシューケーの、広義には若い娘全般における、子供から大人への精神と肉体の脱皮を見ることができる。そのとき、エロースもまた立派な一個の男性として自立していかねばならない。実際、美術作品において、プシューケーはしばしば蝶の翼のついた処女として表現されているし、エロースは、その肩に雪よりも白い二枚の翼を備えている。羽ばたく翼から連想する、舞い上がる感情、高揚した愛。このイメージは、現代版〈エロースとプシューケー〉、つまり燃えるような思いで寄り添う〈ピエールとリュス〉のイメージに重なり、二重写しになっていく。

アルフォンス・ドゥ・シャトーブリアンが、一九二〇年九月二十三日付ロマン・ロランへの手紙でのなかに記した《psyché》（プスィシエ）、――「プシューケー」（魂）、――という言葉は、『ピエールとリュス』に関連してのことだけに、意味深い。《私たちの魂（プシューケー）への想い》を、そっくり「リュス」への想いに置き換えることができるからだ。

爽やかで純粋で魅力的な小編〔『ピエールとリュス』〕。この作品は、私たちの血の腐臭のただなかで、傷つけられ汚されながらも、私たちに哀願している私たちの魂（psyché）への想いを、多くの粗野な忘却から救いだしてくれます。〔Sorella : *Histoire d'une amitié, Nombreux textes inédits de Romain Rolland et d'Alphonse de Châteaubriant*, Librairie Académique Perrin, Paris, 1962, p. 246.〕

さらに、プシューケー、エロース双方の「翼」のイメージから、作品の別な場面が意味を帯びてくる。ピエールを含む仲良し五人が集まり、戦況について話し合っていたときのこと。ピエールだけは、いつもと違って議論に加わらず、窓際に腰かけ、夢見るように、ぼんやり外を眺めていた。気づいた友人が、何を考えていたんだと尋ねると、ピエールは、困ったようにこう答える、――《春のことさ。春は、ぼくたちの許可がなくても、ちゃんと巡ってきた。やがてぼくたちをおいて、行ってしまうだろう》〔109頁〕、――と。非難と軽蔑が集中するなか、友人のひとりピュジェだけが、冷静にピエールを観察し、変身の理由を察知したようだ。

「羽蟻《はあり》（fourmi volante）め！［……］羽《はね》（ailes）に用心しろよ！［……］それは、婚姻飛行（le vol nuptial）だ。けど、一時間しか続かないぜ」

「人生だって、それ以上には続かないさ」と、ピエールは言った。〔109頁〕

《fourmi volante》は、直訳すれば「飛ぶアリ」だが、多分《fourmi ailée》（羽蟻《はあり》）のことだろう、《羽《はね》（ailes）に用心しろよ》と続くから。羽蟻は、ふつうのアリと違い、成虫になると羽をはやし、空中を飛びかい交尾する。ピュジェが《婚姻飛行（le vol nuptial）》と表現しているのは、表向きそういう理由からだが、羽蟻を《fourmi volante》と表現した理由は、名詞《vol》（飛行）を導き出すためだろう。

しかしここで本当に興味深いのは、ピエールが羽を持った羽蟻に喩《たと》えられていることだ、翼を持ったエロースと同じように。そしてまた、リュスはプシューケー（蝶）。そこで改めて、ピエールとリュスを、――飛翔する羽蟻と蝶を、――うららかな陽射《ひざ》し、萌え出ずる若葉、咲き乱れる花々の織りなす春景色のなかに置いて眺めるとき、文字どおり、春の、青春の情熱と性愛を表象する一幅の牧歌風絵巻として感じられるだろう。

【三】ピューラモスとティスベー

ピエールが、初めてリュスの家を訪ねた日の別れ際の情景を思いだそう。昼間の楽しい時間はあっという間に過ぎ、夕暮れになる。さよならを述べ、戸外に出たピエールだが、去りがたい思いで、今いた方向を振り返ると、夕陽の最後の残光を浴びて輝く一階の窓ガラスに、やはり同じ別れがたい気持ちでさりげなく見送っているリュスのシルエットが、ぼんやり浮かび上がって見える。《そこでピエールは、窓のところに引き返すと、閉ざされた窓ガラスの上に、自分の口を押しあてた。ふたりの唇は、ガラスの壁越しに合わさった》〔77－78頁〕。

この窓ガラス越しの接吻という、限りなく清らかで、幼く切ない行為は、またもや、ある遠い記憶を呼び覚ましてくる。『ギリシャ・ローマ神話』から、『ピューラモスとティスベー』の章を紐解いてみよう。

ピューラモスとティスベーは、バビロニアで一番の美男美女で、家は隣どうしだった。相思相愛の仲になり、ともに結ばれたいと思ったが、仲の悪い親たちは承知しなかった。両家を隔てる壁に、一か所、だれも気づかない小さな割れ目があった。ふたりは、その穴を通して、愛の言葉を交わしあい、夜になり、別れの時が来ると、ふたりはそれぞれの壁にぴったりとくっつき、《めいめいの壁の上に別れの接吻を押し当て》た。ある夜、そっと家を抜け出し、町の郊外のニノスの墓で落ち合うことにした。夕闇に紛《まぎ》れて、先に着いたティスベーは、約束通り、《冷たい泉のほとりにある一本の白い桑の木》の下でピューラモスを待っていた。そこへ、ライオンがやってきたので、ティスベーは岩陰に隠れるが、ヴェールを落としてしまう。ライオンは、獲物を喰って来たばかりの血だらけの口でそのヴェールを嚙《か》み千切《ちぎ》り、去っていった。遅れてきたピューラモスは、血だらけの引き裂かれたヴェールを見て、ティスベーが嚙み殺されたものと勘違いし、後悔と悲嘆から、そのヴェールを約束の白い桑の木のところまで持ってくると、自ら剣を引き抜き、胸を刺して自害した。ほとばしり出た血は、白い桑の実を赤く染めた。ティスベーはピューラモスの死骸を見て、一瞬のうちに事態を理解し、その亡骸を抱きしめ冷たくなった唇に口を押し当てる。《私たちを結びつけたのは恋と死なのですから、ひとつお墓に二人を入れてくださいませ》と叫ぶなり、自分もまた胸に剣を突き立て果ててしまう。すべてを見た証人として、桑の実はいまも赤黒い実をつけている。

泉のほとり、木の下で、若者を待つひとりの美しい娘、……設定された舞台は、まさに牧歌だが、この神話は、——、ロマン・ロランの戯曲名を借りるなら、——一篇の愛と死の戯れ（*Le jeu de l'amour et de la mort*）であり、——それはまた、愛と死の賭けでもあるが、——悲劇に終わる。恋人ふたりを究極結びつけるのが「死」という意味では、すぐにも〈トリスタンとイズー〉の最期を思い浮かべるように、ヨーロッパ文学の重要なテーマ、愛と死の系譜の源流付近にあるとも言えよう。そして、この神話の悲劇性は、そのまま〈ピエールとリュス〉における愛と死に直結している。

いや、それはいい。『ピューラモスとティスベー』の物語でもっとも鮮烈な印象を与えるのは、めいめいの壁の上に唇を押し付けて壁越しの接吻をかわす場面だろう。そして、その外面的行為と内面的清純さは、ピエールとリュスの窓ガラス越しの接吻を思いださせるだろう。この窓ガラス越しの接吻が、恋するふたりを媒介に、壁越しの接吻に限りなく近づき重なり合っていくとき、『ピエールとリュス』の作品世界は、またもやギリシャ・ローマの神話世界に呼応し、共振し、古代の典雅な香りと神秘に満たされる。それは、『ピエールとリュス』が、それ自体で、擬神話的な側面を持った作品であるということを示している。それゆえに、ジャック・ロビシェのいう《悲劇的な牧歌》の悲劇性に、神話だけが持つ宿命を担わせる必要があるだろう。

【四】フリアイ、またはエリーニュス

ピエールの学友ベルナール・セセは、裕福なブルジョワ階級に属し、国家の要職を経験した名門の家柄の出の優秀な学生だ。権力者を身近に見てきた反動からか、あらゆる政府を、特に自国の政府を嫌悪し、直面している戦争にどう責任をとるべきか、悩んでいた。

責任の所在! ベルナール・セセにとっては、まさしく、それこそがまずもって問題だった。セセは、絡《から》み合ったこの蛇どもを解きほぐそうと、躍起になっていた。というか、むしろ小フリアイといった風情で、頭上で蛇どもを振り回していた。〔106頁〕

「フリアイ」、――フランス語の Furie《フュリ》、――とは、ローマ神話にあって、蛇の髪をした復讐を司る三姉妹の女神で、ギリシャ神話の「エリーニュス」にあたる。前掲書『ギリシア・ローマ《ママ》神話』によれば、見るも恐ろしい姿で、《公の裁判をのがれたり、軽蔑したりする人々に対して、[……] 秘密の針を用いて刑罰を加える》役割を果たしていた。表に出ない、正義の必殺仕置き人だ。戦争という不条理を公正に裁くのに適したものが、もしいるとすれば、戦勝国の裁判官・政治家では決してなく、「復讐の女神たち」こそが、ふさわしいのかもしれない。

その「復讐の女神」のひとりにセセが喩《たと》えられている。エリーニュスの頭上でとぐろを巻く蛇は、戦争責任が奈辺《なへん》にあるかに呻吟《しんぎん》し、頭の髪をかきむしるセセの姿そのものだ。そして今や、神話世界から現代に蘇ったこの「復讐の女神」のイメージは、ひとりセセを超え、作品の終わりに向けて、静かにひとり歩きし始める。

【五】アテネの廃墟

ドイツ軍の襲来は、聖月曜日と聖水曜日のあいだに頂点に達した。ソンム川を渡河し、バポーム、ネール、ギスカール、ロワ、ノワイヨン、アルベールの町が陥落した。千百門の大砲が押さえられ、六万人が捕虜になった……踏みにじられた恩寵の地を象徴するように、聖火曜日には、和声の作曲家ドゥビュッシーが死んだ。竪琴《リラ》が壊れる……〝かわいそうな小さな瀕死のギリシャ（Pauvre petite Grèce expirante）！……〟ドゥビュッシーの何が残るだろう？　彫金細工を施されたいくつかの花瓶、いくつかの完全な石碑、だがそのいずれもが「墓所への道」（la Voie des Tombeaux）にはびこった草で埋めつくされるだろう。廃墟になったアテネの不滅の遺蹟（Vestiges immortels de l'Athènes ruinée）……〔118－119頁〕

一九一八年春、ドイツはルーデンドルフの指揮下、大攻勢をかけた。イギリス＝フランス軍の指揮系統が乱れた隙を突き、パリ北方六〇キロの地点にまで迫った。フランス軍総司令官ペタンは、政府のパリ撤退を考えたほどだった。従って、ここに言う《恩寵の地》とは、ドイツ軍に蹂躙《じゅうりん》されたイル＝ドゥ＝フランス地方をさしている。パリ市を中心に、ほぼセーヌ、オワーズ、マルヌの川に囲まれた、――厳密にいえば七県からなる、――広域行政地域圏名で、昔の州名でもある。最大の人口密集地で、政治・経済の中心部で、フランス王国発祥の地としても、フランス人にとっては、精神的に大きな意味を持つ重要な地域である。ゆえに、大切な「呼称」だ。

その折も折、一九一八年三月二十五日、作曲家クロード・ドゥビュッシーが死んだ。パリで。生まれたのは、サン＝ジェルマン＝アン＝レー。ともに、イル＝ドゥ＝フランス地域圏内の町だ。ロランは、決してドゥビュッシー派ではなかったが、――その官能性が苦手だった？、――偉大な芸術家としては認め、音楽学者の立場から公正に批評していた。それだけに衝撃だっただろう。

ここに、ドゥビュッシーの死と恩寵の地イル＝ドゥ＝フランスの現在と近過去のギリシャとが、ロランのなかで、死の影の翼のもとに、三つながらひとつに重なる。

クロード・ドゥビュッシー〔Claude Debussy, 1862.8.22 - 1918.3.25〕の死は、作中の文脈では、イル＝ドゥ＝フランスの近未来の予兆と捉えていいだろう。ドゥビュッシーは、一般に印象派として一括されることが多いが、その自然の霊妙に満ちた和声は、むしろ象徴主義というべきもので、それでいて均斉という一点では、古典的調和に通じるものがある。ただ、ここで大事なことは、ドゥビュッシーが《竪琴《リラ》》に喩《たと》えられているということだ。竪琴は、それだけでも音楽のシンボルだが、古代ギリシャでもっとも高度な完成の域に達した撥弦楽器《はつげんがっき》の一種でもあったことから、「ドゥビュッシー」の命運が、一挙に「ギリシャ」の命運と結びつく、――《〝かわいそうな小さな瀕死のギリシャ！……〟ドゥビュッシーの何が残るだろう？》――。

ドゥビュッシー

ところで、《瀕死の》という形容詞で修飾されたこの「ギリシャ」とは、一八二一年から一八二九年にかけて、オスマン帝国に対して繰り広げられたギリシャ独立戦争時（一八二一－二九）のギリシャのことだと思われる。ウジェーヌ・ドゥラクロワ〔Eugène Delacroix, 1798-1863〕の作品に、『ミソロンギの廃墟に立つ（瀕死の）ギリシャ』（*La Grèce (expirant) sur les ruines de*

Missolonghi, 1826）という寓意画があり、――歴史家であり美術史家でもあったロマン・ロランが知らないはずがない、――これが念頭にあってのことだろう。オスマン帝国とエジプトの連合軍によるミソロンギの攻囲（一八二六年四月）に着想を得たものだが、不思議なことに、作品名に、《瀕死の》（expirant）は、資料により、記載があったりなかったりする。また、「プチ・ロベール固有名詞事典」（Petit Robert 2）では、単に、『ミソロンギの瀕死のギリシャ』（*La Grèce expirant à Missolonghi*）と記され、こちらには《瀕死の》はあるが、《廃墟に立つ》に相当するフランス語がない。画名が統一されていないのだろうか？……。

当時、ミソロンギは、小さな都市にすぎなかったが、軍事・戦略的には重要な拠点だった。オスマン帝国の支配に抵抗するギリシャ人がこのミソロンギを占領したとき、すでに国力が落ちていたオスマン帝国は、エジプト軍に支援を要請して、一八二五年五月、ミソロンギを包囲、約一年後の一八二六年四月に陥落させる。イギリスの詩人ジョージ・ゴードン・バイロンは、ギリシャ独立戦争の大義と勇敢なギリシャ人に共感し、私財を投じてギリシャ救援を訴え、自らミソロンギに赴き、一八二四年に戦死した。通説では、ドゥラクロワはそのバイロン卿に敬意を表して、この絵を描いたと言われている。後世、異論もでているようだが、少なくとも、ロランが『ピエールとリュス』を執筆した時期は、その説が流布していただろう。パリに戦禍の迫るなかで死んだドゥビュッシーの作品の未来を、廃墟のミソロンギに、ひいては瀕死のギリシャに重ねたとしても、不思議はない。

ドゥラクロワの『ミソロンギの廃墟に立つ（瀕死の）ギリシャ』だが、画布中央で、陥落し廃墟と化した町の血塗られた巨石の上に、ひとりの若く美しい「女性」が、左膝をつき、右足で立ち、眼を見開き、悲愴な表情で右斜め前方を見つめている。それが擬人化された「ギリシャ」だという。なぜか女性は、古代ギリシャ時代の白いガウン、——チュニカ、——を身に着け、その上から胸元をゆったりと大きく開けた衣装をまとい、両腕を軽く脇から離して力を抜き、下方に開き、力尽きたという仕草をしている。果たしてそれは、絶望からか、はたまた救済を求めてか、——。

『ミソロンギの廃墟に立つ瀕死のギリシャ』
ドゥラクロワ

ただ、後方には、オスマン・トルコ兵たちが描かれているから、背景は、確かに十九世紀前半のギリシャ独立戦争時だ。ドゥラクロワは、連綿と二千年以上も続いてきた、ヨーロッパの精神的起源ギリシャの過去と現在の双方を、画中に表現したかったのかもしれない。女性が若く美しく描かれているのは、瀕死の向こうに、ギリシャ再生の古くて新しい願いを込めてのことだろうか、……それは分からない。

実際、当時、古代ギリシャを回顧する傾向があった。画中の女性の白いガウン（チュニカ）はその象徴だが、結果、十九世紀前半のギリシャの地層の奥底から、もうひとつのギリシャが、——古代ギリシャ文明が、——蘇り、ミソロンギの廃墟と古代アテネの廃墟が二重写しになっていく。作中の《「墓所への道」》は、十九世紀後半に、アテネで発掘された古代ギリシャの大規模な墓所に通じる参道のことだろう。《廃墟になったアテネの不滅の遺蹟》という表現にも、イメージが連鎖していく。こうして、一九一八年三月現在の「イル＝ドゥ＝フランス」から一八二六年四月のオスマン帝国下のギリシャの「ミソロンギ」に、さらには、遠く古代ギリシャの「アテネ」へと、思いは遡及する。

そう言えば、ロマン・ロランは、十七歳の時の日記に、——《一八八三年四月。——ぼくは懐疑を抱いていた。いくつかの短三度（『アテネの廃墟』）が、ぼくに信仰を取り戻させた》〔Romain Rolland: *Mémoires*, Ed. Albin Michel, Paris, 1956, p. 26.〕、——と書いた。ここにいう『アテネの廃墟』（*Les Ruines d'Athènes*）とは、アウグスト・フォン・コッツェブー〔August von

Kotzebue, 1761 - 1819〕の同名戯曲に、ベートーヴェンが、一八一一年秋から一八一二年にかけて作曲した劇付随音楽のことだろう。ハンガリーのペスト市（現ブダペスト）に新設されたドイツ劇場で、一八一二年二月九日に初演された。ギリシャ独立戦争が起きる九年前のことである。今日では、序曲及び第五曲「トルコ行進曲」しか演奏されないが、その筋立が興味深い。音楽之友社刊『名曲解説全集4・管弦楽曲I』の関連部分をそのまま引用しておこう。但し、文中、ミネルヴァはローマ神話の女神ミネルウァのことで、ギリシャ神話のアテーナー。

〔裁判所でのソクラテス弁護を嫉妬から忌避したために〕、主神ゼウスの怒りにふれて、二千年の長い間眠らせられていた智慧と技芸の女神ミネルヴァは、眼をさましてみると、なんとアテネはトルコに支配されていて廃墟と化していた。そして芸術や科学の都はペストに移っていたのである。ときあたかもここに新しい劇場が開かれ、レッシング、シラー、ゲーテ、およびコリンなどの作りだしたドラマのなかの人物が続々とこの地に集まってきて、ここでミネルヴァは最後にこういった芸術を保護した皇帝フランツの胸像に、自ら栄冠を授ける。〔傍点筆者、〔 〕内筆者補足〕

劇中、トルコに支配されたアテネ、それこそは、今まさにドイツに蹂躙されようとしている

《芸術や科学の都》パリの近未来の姿そのものといえよう。

*

ピエールとリュスは、パリの街並みに迫ってくる夕闇を見つめていた。この闇に包まれてこそ本当にふたりきりになれるからだ。そのとき、《夕べのお告げの鐘《アンジェラス》のように、大好きだったドゥビュッシーの美しい和音の奏でる官能的な物悲しさが、胸のうちに込みあがってきた。その音楽は、ほかのどんなときよりも、ふたりの心の欲求に応えていた。それは、形式の背後に隠れて、解放された魂の声が歌う唯一の芸術だった。》〔119頁〕ふたりの内奥に響いたドゥビュッシーの音楽が何だったか、具体的には書かれていない。ロランが嫌悪したドゥビュッシーの官能性だが、このときのピエールとリュスの心境にはよく照応している。体験に先立って、プラトニックな愛を超えた瞬間だからだ。

ちなみに、ロマン・ロランがドゥビュッシーの作曲で評価していたのは、『ペレアスとメリザンド』（*Pelléas et Mélisande*）、及び『ビリティスの歌』（*Chansons de Bilitis*）だ。リヒャルト・シュトラウスが、自作オペラ『サロメ』（*Salomé*）を、パリのオペラ・コミック座で、フランス語版台本を用いて上演しようとし、フランス語朗誦法《ろうしょうほう》にまつわるさまざまな相談をロマン・

ロランにもちかけたとき、――一九〇五年のことだが、――その際のロランの返書の一節に、《クロード・ドゥビュッシーの『ペレアスとメリザンド』の総譜をまだお持ちでないなら、是非とも入手なさるようお勧めします。この音楽は、メーテルランクのテキストにのっとって作曲されたものです。――あるいは、同じくドゥビュッシーの『ビリティスの歌』をお勧めします。ピエール・ルイスの三つの詩に作曲されたものです。これらは作曲されたフランス語の語りの傑作で、この種のものの真の模範です》〔Romain Rolland: *Cahiers Romain Rolland 3, Richard Strauss et Romain Rolland*, Ed. Albin Michel, Paris, 1950, p. 41.〕とある。

『ペレアスとメリザンド』は、ギリシャ神話とも牧歌とも無縁、場所も時代も不明だが、海の精とも水の精とも思えるメリザンド姫とペレアスのプラトニックな恋は、――ある意味、妖精物語だ、――終始、幻想的で、夢幻的で、旋律・和音は、一貫して純粋で透明だ。ピエールとリュスが感じた《官能的な物悲しさ》という意味では、ふさわしいかもしれない。

『ビリティスの歌』は、ドゥビュッシーが、一八九三年から一九〇四年頃まで親しくしていた詩人ピエール・ルイス〔Pierre Louÿs, 1870-1925〕が書いた、一四六篇からなる散文詩集で、「パンフィリでの牧歌」「ミティレーヌでの哀歌」「キプロス島での風刺詩」「ビリティスの歌」の全四部からなり、ルイスは、この詩集は、古代ギリシャの女流詩人サフォーとほぼ同時代に生きた別の女流詩人ビリティスの詩を翻訳したもの、という触れ込みで出版したが、――当時、誰もが一時は信じたという話は有名だが、――もとよりビリティスなど実在せず、すべてはルイスの創作だった。

物語は、ビリティスの生まれ故郷パンフィリでの幼き日の思い出、羊飼いの若者リカスとの初恋、ミティレーヌ（レスボス）島に渡ってからの美少女ムナジディカとの同性愛とビリティスの嫉妬による破局、放浪流転し辿り着いたキプロス島での娼婦としての愛欲の日々、そして醜い老残の悲しみ……、こうしたことが、美しい和音を奏でながら語られる。

ドゥビュッシーは、最初、第一部「パンフィリでの牧歌」から選んだ三篇のみに伴奏をつけ、歌曲『ビリティスの三つの歌』（*Trois Chansons de Bilitis*）として発表した。ついで、ルイスの依頼により、ルイス自身が詩集全体から選んだ十二篇に、朗読のための附帯音楽を作曲したのが『ビリティスの歌』（*Chansons de Bilitis*）で、第一曲「牧歌」（*Chant pastoral*）から第十二曲「朝の雨」（*La pluie au matin*）まで、文字どおり、擬古代ギリシャ世界での牧歌的な愛の世界だが、筋を辿るかぎり、ピエールとリュスの心情に呼応するとは思えない。

ただ、ドゥビュッシーには、『牧神の午後への前奏曲』（*Prélude à l'après-midi d'un faune*）とか『シュリンクス』（Syrinx《シラーンクス》）とか、ギリシャ神話世界を背景に、半人半獣の牧神（パン）を主人公にした作品もある。そのようなドゥビュッシーの死は、ロランにとって、古代ギリシャの諧調美の危機として感じられたことは、想像に難くない。

*

さて、瀕死のギリシャ、墓所への道、廃墟、……暗澹《あんたん》とした「死」の予兆に満ちた言葉が、小説末尾の悲劇に向けて走りはじめている。場所は、サン・ジェルヴェ教会。ピエールとリュスは、教会内部の小礼拝室の片隅で、神に祈りながら、ひそかにふたりだけの婚姻を取り結ぶ。そのとき、突如、教会全体が大きく揺らぐ。《と、巨大な支柱が、突然、ふたりの上に、どぉーと崩れ落ちた。》〔128頁〕崩壊した教会。非戦闘員のみならず「教会の神」までも殺されてしまったが、それは、外面的には、あくまでドイツ空軍の無差別爆撃による暴挙ゆえだ。

しかし、作品全体にギリシャ・ローマ神話が通底し、その擬古典的世界では、すでに復讐の女神エリーニュス（フリアイ）が、結末に向かって、ひとり歩きしていたことを思いだそう。そのとき、サン・ジェルヴェ教会での悲劇の全体が、戦争を引き起こした人類に対して下した復讐の女神による審判、というイメージのなかに再構成されるだろう。愚かな人間どもを罰する大いなる怒りの前に、罪なき汚れなきピエールとリュスまでが、短い命を差しださねばならなかった。

これは、ふたりにとって、耐え難い不条理で、実際、ギリシャ・ローマ神話の神々は、往々、過激で気まぐれだ。『ピューラモスとティスベー』は、ライオンの介在がもたらした一篇の愛と死の戯れだったが、『ピエールとリュス』は、ライオンよりもっと巨大で獰猛《どうもう》な怪物「戦争」の餌食になったという点で、——個人を超えた不可避な宿命に弄《もてあそ》ばれたという意味で、——《悲劇的な牧歌》とひとことで片づけてしまうには、あまりに痛ましい。

＊

『ピエールとリュス』に内在する、「ギリシャ・ローマ神話」のエピソードを手繰《たぐ》りながら、作品世界を読み解いてきたが、そこに発見したのは、牧歌性と並ぶ、宿命的な避けがたい悲劇だった。ロマン・ロランが作品の献辞《愛の神《アモル》に》(AMORI)、及びエピグラフ《愛の神《アモル》は平和の神》(Pacis Amor Deus) として掲げたふたつのラテン語が、ここに至って、再び意味を帯びてきたように思う。

まず、献辞の AMORI（愛の神《アモル》に）だが、そのなかに含まれるアルファベット四文字 MORI が、なぜかくっきり浮かび上がって見えてくる。MORI とは、人間の弱さを常に思い出させるヨーロッパ中世以来のあの言葉、——《Memento Mori》(死を思え)、——の MORI で、《死ぬ》

という動詞の不定形だ。とすると、特別な文脈に置かれたAMORIからは、「愛のイメージ」とともに、自ずと「死のイメージ」も湧出してくる。つまり、AMORI一語で、この作品の本質が、一篇の〈愛と死の戯れ〉であることを、——愛の先には死の悲劇が待ち受けていることを、——作者は冒頭から示唆していたのだ。

次に、エピグラフのPacis Amor Deus（愛《アモル》の神は平和の神）だが、「神」＝「愛」であり、「神」＝「平和」だというなら、古代ギリシャ神話の世界とは別の、もうひとつの「神」、——キリスト教の「神」、——を連想せずにはいられない。《隣人を自分のように愛しなさい》〔『ルカによる福音書』第一〇章二七節〕、《平和を実現する人々は、幸いである》〔『マタイによる福音書』第五章九節〕という言葉が、鮮烈に脳裏に蘇ってくるからだ〔『新約聖書』新共同訳、日本聖書協会〕。

第三章　リュスよ、あなたはいったい誰なのですか？

【一】「母性」としてのリュス、または「母子像」(maternité《マテルニテ》)

満員の地下鉄のなかでのことを、ピエールが回想する場面。ドイツ空軍爆撃機《ゴータ》の襲来に、車内が震撼としたとき、ピエールの手は、偶然、傍の女の子の手に触れる。それが、リュスだった。《手を握りしめたのは、ほんの束の間だった。その一方の手、男の子の手は言った。「ぼくに、寄りかかって！」と。――もう一方の母親のような(maternelle)手は、自分自身の恐怖をこらえて言った、「あたしの坊や！(Mon petit !)」と。》〔26頁〕

ここで、リュスを形容する《母親のような》という表現、及びリュスからピエールに向けられた《あたしの坊や》という言葉に注目したい。リュスからピエールへ流れ込む感情のなかに、「リュス」＝「母」、「ピエール」＝「子」の、母子二項関係が存在している。

リュスは、美術館の名画に描かれた群像や肖像や上半身像などを小さく模写して画商に売り、生計を助けていた。その模写作品を、リュスが初めてピエールに見せたときのこと。所々に正確なタッチは散見するが、全体としてはぞんざいで、原画とはほど遠い印象に、正直なピエールは失望の色を隠せない、――《「でも、こんな色合いじゃないよ！」「あら！ 驚くことないわ！ あたし、見に行ったことないんですもの。写真を手に入れたのよ」「これで、誰にも、何も言われないの？」「誰に？ お得意さんたちに？ あの人たちだって、見に行ったことないのよ」》〔41頁〕、――。

リュスは、説明の辛さに耐えながら、それでも意を決し、空元気《から》をだして、茶化すような口調で事実を打ち明ける。お金の苦労をすこしも知らずに育ったきまじめなピエールには、お金のために譲歩するということが、すぐには理解できない。消沈するピエールを前にして、リュスの顔に浮かんだのは、決して怒りでも苛立ちでもない。《母親のような皮肉まじりのやさしい微笑《ほほえみ》》(avec un bon sourire d'ironie maternelle) だった〔42頁〕。ここでもまた、リュスからピエールのほうへと流れる母性的な (maternel(le)) 感情を汲み取ることができよう。

初めて、ピエールが、パリ郊外のリュスの家を訪ねた日のこと。降り積もった雪の上を足で踏みしめながら、ピエールはそっと玄関に近づく。耳をすまして待っていたリュスは、カーテンの隙間から恋人の来訪を認めると、ドアを開けて、いそいそと迎え入れる。足を踏み入れた玄関の暗がりのなかで、ふたりは小さな声で「こんにちは」と言う。緊張で息がつまる。リュスはピエールを、食堂と仕事を兼ねた部屋に案内する。家人はいない。まるで良くないことをしているみたいに、ふたりは声をひそめて語りだす。それも今日、本当に話そうと思っていたことではなく、お天気のこととか、電車の時間のこととか、どうでもいいようなことばかり……、大切な言葉は、少しも口をついてでてこない。もどかしさと、情けなさと。

そんなふたりが、ようやく日頃の活気を取り戻すのは、ピエールが持参した自分の小さい頃からの何枚かの写真を持ちだしてからだ。写真のなかのいくつもの顔が、いくつもの目が、ふたりを見つめている。ふたりきりでない、と感じた瞬間、ふたりを縛っていた緊張が、急激にほぐれる。ふたりの気持ちが、一挙に打ち解ける。なかでも、ピエール三歳のときの写真、――スカートをはいて、今以上にまじめな顔をして写っている一枚の写真、――が、リュスの母性本能を強烈にくすぐる。《女性にとって、いとしい男性のごく幼かったときの姿を見ることほど、心楽しいことがあるだろうか？　リュスは心のなかで、幼いピエールをあやし、乳房をふくませる。それどころか、自分が身ごもったのだと、夢見かねないほどだ！　さらに（リュスには、ちゃんと分かってのことだが）、それをいい口実にして、大人には言えないことを、ごく幼いその人に語りかける。どの写真が好きかとピエールが尋ねると、リュスは躊躇《ちゅうちょ》せず答えた。「この可愛い豆紳士（le cher petit bonhomme）のにするわ……」》〔65頁〕と。ここでは、リュスからピエールへ流れる感情が、恋する女性が愛する男性の幼い頃の写真を見たときに抱く、一般化された母性愛のなかに喩《たと》えられている。

同じ日の夕暮れも迫る頃、湿った寒気がガラス窓をとおして部屋に伝わってくる。身ぶるいしたピエールをめざとく見つけたリュスは、いそいそとアルコール・ランプでココアを温めてやり、ふたりしておやつを食べる。そして《リュスは、母親のように（maternellement）、ピエールの肩の上に自分のショールを掛けてやった。ピエールはされるがままになり、猫のように、布地の温もりを楽しんでいた。》〔73頁〕リュスの感情は、恋人にというより、明白に、いとしい息子にたいする母の感情そのものだろう。

枝の主日の日曜日（復活祭直前の日曜日）に、パリ近郊シャヴィルの森に出かけたときのことを思いだそう。森のなかの空き地で、ふたりは寄りそって横になる。鳥のさえずりにまじって、遠くの大砲の音、明日の祭りを告げる村の鐘の音が聞こえてくる。《光に満ちた大気は、希望と、信仰と、愛と、死とにうち震えていた。》〔97頁〕

胸がつまる。幸せのためか、苦しみのためか、それは分からない。しかし、今この時の夢に浸り、陶酔していたかった。ピエールは、まるで母に甘えるように、《リュスの膝のドレスのくぼみに頭をのせ、まるで眠っている幼子のように（comme un enfant qui dort）、お腹の温かみに顔をうずめていた。そしてリュスは、無言のまま、両手で最愛の人の耳を、目を、鼻を、唇を愛撫していた。》〔98頁〕このリュスとピエールの構図は、幼子を抱く母のイメージである。

聖金曜日、ふたりが最期を迎える場面、ピエールとリュスはサン・ジェルヴェ教会のなかに入る。そこでふたりは、グレゴリオ聖歌の鳴り響くなか、ふたりだけの婚姻をとり結ぶ。《偉大な『友』よ、あなたの前で、あたしはこの人を選びます。ぼくはこの方を選びます。わたしたちを、お結びください！　あなたは、わたしたちの心を、お見通しでいらっしゃいます。》〔125−126頁〕

ふたつの心はひとつに溶けあい、純粋な至高の喜びへと導かれる。そのとき、教会の太い石柱が揺らぐ。教会全体が震動する。ドイツ空軍爆撃機《ゴータ》が、教会の上に、爆弾を投下したのだ。とっさにリュスは、《母親がするように（D'un mouvement maternel）、あらんかぎりの力で、いとしいものの頭をその胸に（contre son sein）抱きしめた。そして、ピエールの上に折り重なり、そのうなじに口を押しあてたまま、ふたりは小さくちいさくなっていた。と、巨大な支柱が、突然、ふたりの上に、どぉーと崩れ落ちた。》〔128頁〕

リュスの母性愛が、もっとも表出した圧倒的な場面である。わが子の生命を守る母親のように、ピエールを胸に抱きしめながら折りかがみ、崩れおちる石柱を、まず、わが背中で受けとめたのだから。また、《胸》と訳したフランス語の《sein》には、《[女性の]乳房》の意味もある。ここでリュスは、いとしいピエールの顔を自分の乳房のあいだに強く押し当てたのだ。この構図は、乳呑児が母の乳房に吸いつく様と同じである。最期の場面に見られるこの「リュス」＝「母」、「ピエール」＝「子」の母子二項関係にあっては、「子」はかぎりなく「幼子」に近い。それだけでなく、リュスの行為はとっさのことであるだけに、限りなく崇高で、至高の愛を予感させる。この予感は、果たしてどこからくるのか？

【二】母性としてのリュス——聖母子像（**maternité**《マテルニテ》）からピエタ像へ

そういえば、「母性」を意味する《**maternié**》というフランス語は、図像学用語で「母子像」、特に「聖母子像」、——聖母マリアと幼子イエス、——を指す言葉だ。このことは、記憶にとどめておこう。

さて、ピエールにとっては、リュスが下品な男たちを描くより、《美術館の模写のほうが、まだましだった。しかし、もはやそれを当てにしてはならなかった。最後まで頑張っていた美術館のいくつかが閉鎖されて、もうお得意さんの興味を惹かなくなっていた。もはや、聖母

(Vierges) や天使の時代ではなく、兵士のご時勢だった。》〔54－55頁〕

打ち続く戦争に、美術館見物どころではない。各家庭が出征兵士をかかえ、多くは戻らないまま、身内の安否を確かめるだけでせいいっぱいだった。そんなとき、いったい誰が「聖母」の模写を、加えてよければ平安な「聖母子像」の模写を所望するだろうか？　必要なのは、子々孫々に伝えるための出征兵士の肖像、最悪を想定してのあらかじめの遺影だろう。結果、「聖母」は、――「聖母子像」も、――美術館の扉の向こうの暗闇のなかに幽閉される。再びのときが巡ってくるまで、人目を避けて。

聖母の悲しみ、……「悲しみの聖母」。イエスも聖母も、殺戮の時代にあっては、全く無力なのだから。いずれにしても、この美術館の「聖母」像の現在に、「闇」に埋没した「光」を感じないではいられない。それにしても、この「光」とは、いったい何か？

ところで、リュスが、明白に「聖母マリア」に喩《たと》えられた箇所がある。ピエールが、地下鉄で初めて見かけた少女への純粋な想いが、おのずと膨らんでいき、知らず知らずのうちにピエールの心のなかに位置を占めるに至ったあの場面だ。

《たとえ、もう二度とあの少女に会えなくても、ピエールには分かっていた、あの少女が存在しているということ、そしてあの少女が巣であるということが。嵐のなかの港、

夜の闇のなかの灯台。「海の星《ステラ・マリス》、愛《アモル》」。愛の神よ、死の時にあって、ぼくたちをお守りください！……》〔28頁〕

「海の星」（Stella Maris）とは、もう少し後で詳しく述べるが、「聖母マリア」の表象だ。実際の星としては、夜の海で頭上に仰ぐ北極星とも、東の空に浮かぶ明けの明星とも言われるが、いずれにせよ、人を導く指標ゆえ、「聖母マリア」と結びつけられたのだろう。そういえば、マリアはキリスト教徒にとっての風と波の神で、海難事故から人々を守る守護聖母を兼ねている。

それにしても、リュスを喩えた対象から推して、大変な一目惚れだ。なのに、リュスが去った後、その顔の輪郭を、目の色を、唇の形を、定かには思い出すことができない。脳裏に蘇るのは漠然とした面影、ある微笑《ほほえみ》や、若々しい白いうなじや、目の輝きや、……と言ったものだった。しかし、人はリアルな写真を見て愛するのではない。その人が残していった抽象的な印象の集積が、自分の内部に喚起する一種のヴィジョンを愛すのだ。恋するものにとっては、このヴィジョンこそが真実在であるがゆえに、《あの少女は、微笑《ほほえみ》そのもの、光そのもの、生命そのものだ》〔28頁〕とまで言えるのだろう、――大いなる逆説だが。

さて、リュスが「海の星」に喩《たと》えられ、「海の星」が「聖母マリア」だとすれば、ピエールは、どういう存在なのだろう。その直前に、《ピエールには分かっていた、あの少女が存在しているということ、そしてあの少女が巣であるということが》〔28頁〕とあった。リュスが、単純に無機的な「巣」に喩《たと》えられているわけではないだろう。「巣」が本来の巣、「愛」を生み育む場であるためには、巣のなかに「母鳥」の存在が必要だ。母鳥のいる「巣」だけが、「愛」を感得させることができるからだ。「リュス」＝「母鳥」と言い換えてよい。なら、ピエールは、巣のなかで母鳥の翼に抱かれる一羽の小さな「ヒナ鳥」だ。そしてこのイメージは、そのまま馬小屋のなかで「聖母マリア」に抱かれる「幼子イエス」の構図に重なりはしないか。神の子イエスにやさしくほほえみかける聖母マリア。ここに、「リュス」と「ピエール」の二項関係は、「聖母マリア」と「幼子イエス」の二項関係へ、つまり、人間的なレヴェルにおける「母子像」(maternité) から、図像学でいう神的なレヴェルの「聖母子像」(maternité) へと、転換する。

『グランドゥカの聖母』
ラファエロ（1483-1520）

とすれば、作品の終わり近くのリュスの言葉、《いえ、いえ。あたしにとって、すべてが愛なの。あたしはすべてを愛しているし、すべてがあたし

『羊飼いの礼拝』ムリーリョ（1617-82）
幼子イエスとマリアは、ムリーリョの中心的なテーマ

のことを愛してくれてるわ。雨もあたしを愛してくれてるし、風もあたしを愛してくれてるし、それに灰色の空も、寒さも、——そしてあたしの可愛い坊や、も《mon petit bien-aimé》〔123－124頁〕も、表層通りの意味に留まらなくなるだろう。《bien-aimé》は「最愛の」という形容詞だが、名詞化して「最愛の人」「最愛の子」「恋人」の意味になる。ここでもまずは、その意味だ。

　しかし、《bien-aimé》に定冠詞をつけ、大文字で《le Bien-aimé》とすると、最愛の子「キリスト」を指すことがある。今、リュスを「聖母マリア」の相貌のもとに捉えようとするとき、《あたしの可愛い坊や（mon petit bien-aimé）》は、表向きの「恋人」の意味だけでなく、深層において「幼子イエス」のイメージで感じ取っておく必要があるだろう。

　同様のことは、既に引用した《ピエールは、リュスの膝のドレスのくぼみに頭をのせ、まるで眠っている幼子（un enfant qui dort）のように、お腹の温かみに顔をうずめていた。そしてリュスは、無言のまま、両手で最愛の人（〔le〕bien-aimé）の耳を、目を、鼻を、唇を愛撫していた》〔98頁〕の場面でも言えよう。眠っている子供のように、横たわって、リュスの膝のあいだに顔をうずめるピエール。母子像の構図そのものだが、そのピエールを「最愛の人」＝「最愛の子」(le bien-aimé) と喩《たと》えているところに、単なる母子二項関係を超えた、「聖母マリア」と「幼子イエス」の二項関係、つまり「聖母子像」(Maternité = la Vierge et l'Enfant) を予感させる。

さらに、リュスとピエールの構図は、視点をリュスの方に移すと、母子像や聖母子像のイメージに留まらない、「聖母とイエス」の今ひとつの重要な構図が浮かび上がってくる。十字架から降ろされて、横たわる我が子の遺骸を膝に抱き、嘆き悲しむ聖母マリアの姿、――「嘆きの聖母」あるいは「哀れみの聖母」(Vierge de pitié)、――「ピエタ」(Pietà) だ。

『ピエタ』
ミケランジェロ（1475-1564）

これで分かった。すでに引用した作

品最後の、あのふたりの最期の場面、――リュスは《母親がするように、あらんかぎりの力で、いとしいものの頭をその胸に抱きしめた。そして、ピエールの上に折り重なり、そのうなじに口を押しあてたまま、ふたりは小さくちいさくなっていた。》（128頁）、――の構図も、リュスの方に視座を移した瞬間、眼前に浮かぶ映像は、単なる母子像を超えた「ピエタ」、――「リュス」＝「悲しみの聖母」、――の姿にほかならない。

このことは忘れないでおこう。作品のタイトルでは『ピエールとリュス』とふたりが並記されているが、果たして、主人公はピエールとリュスの双方なのか？　それとも、リュスを主人公として展開された悲恋物語なのか？……、それへの解答を示さねばならないだろうから。

＊

ところで、ピエールとリュスの二項関係が、「聖母子像」であろうと「ピエタ像」であろうと、リュスのなかに、個別的存在としてのリュスを超えた永遠の「神性」が見えてきたことは事実だ。しかし、この「神性」は、果たして「リュス」＝「聖母マリア」の等式のみに限定されるものであろうか？　もっと広い「神性」を担った神的存在として、「リュス」は作品中に偏在しているのではなかろうか？……　検討してみよう。

【三】「父性」としてのリュス――神は光なり

すぐにも気づくことだが、この作品には、教会が随所に舞台装置として登場する。たとえば、リュスが故人の写真をもとに描《えが》いた肖像画が突き返された日、ピエールとリュスは、そのまま停留所に戻る気になれず、二月の霧のなか、パリの街をさまよい歩く。体の芯まで冷えきって疲れたふたりは、とある教会に入る。小礼拝室の一隅に腰をおろすと、小さな声で、あれこれとたわいない会話をする。恋するふたりにとっては、この上もない楽しい行為だ。教会の奥の方から、詩篇を朗誦する厳かな声が低く鈍く伝わってくる。円柱は、ステンドグラスを通して射しこんでくる微光に、暗い影を宿している。時折、言葉が途切れる。沈黙が流れるなか、ふたりの心はいつしか通い合う。ふたりきりの世界、魂と魂の真摯な語らい。その時だった、静謐《せいひつ》な小礼拝室の内部に、ひとつの「啓示」らしきものが、顕現したのは。

《はるか遠くの高みから、不思議な微光が射しこんでいた（D'en haut, de très loin, venaient d'étranges lueurs）。紫色のスミレの花々の上に溜《た》まった赤い水のような、暗紅色の一枚の大ステンドグラス、黒い鉄具で縁どられた、ぼんやりしたいくつもの画像。暗い壁の高い所では、光の血が傷口を作っていた（le sang de la lumière faisait une blessure）……》〔56頁〕

《はるか遠くの高みから、不思議な微光が射しこんでいた》は、教会外部の太陽光線が、上方から、ステンドグラスを通して小礼拝室内部に射しこんでいる様子を描写したものだが、《はるか遠くの高みから》（d'en haut）には、「天から」の意味もあることを忘れるわけにはいかない。とすれば、この《不思議な微光》は、いと高き所から届けられた「光」、――つまり、「天の啓示」（inspiration d'en［d'En］haut）、――をも、文脈の深層部において暗示していると思われる。

その場合、《光の血》とは、何を表象しているのだろうか。この描写のすぐ後で、リュスがピエールに尋ねるのは、徴兵のことだ、――《「あなた、とられなくちゃならないの？」》〔56頁〕、――あと、六カ月の猶予しかない。確実に迫っている出征と戦場での死。無力なふたりが、時代の流れに抗することなどできない。《ただひとつの救いは、忘れること、最後の瞬間（la dernière seconde）まで、この最後の瞬間（cette dernière seconde）は永久に来ないだろうと心の底で願いながら、忘れ去ることだった。》〔57－58頁〕

ここでの《最後の瞬間》とは、ピエールの徴兵のとき、あるいは直截《ちょくせつ》に戦場に散るときを指している。だが、ただそれだけだろうか？　ふたりがいる場所は、ある教会の小礼拝室のなかだ。この舞台装置のもとで《最後の瞬間》という言葉が語られた今、ある決定的な瞬間が喚起されてはこないだろうか?、――十字架上のイエスの死、――最期が。そのとき、《光の血》は、イエスが全人類の罪の贖《あがな》いとして十字架上で流した血の暗示であり、その《光の血》が作る《傷口》とは、キリストの「聖痕」の表徴にほかならない。

『新約聖書』ヨハネ福音書第八章一二節には、こう記されている、――《イエスは再び言われた。「わたしは世の光である (Je suis la lumière du monde)。わたしに従うものは暗闇の中を歩かず、命の光を持つ。》〔新共同訳、日本聖書協会〕、――と。「イエス」＝「光」なのだ。この等式のもとで、《光の血》という表現は、それ自体で、「イエスの血」を暗示していることになる。また、ピエールがリュスを喩《たと》える、《あの少女は、微笑《ほほえみ》そのもの、光そのもの、生命そのものだ》〔28頁〕からは、「リュス」＝「光」が導き出される。

よって、ここに「イエス」＝「光」＝「リュス」の三段論法が成立する。つまり、リュスは、イエス的な面を備えているということだ、

ところで、「リュス」(Luce) という名前だが、実はイタリア語で《Luce》と綴れば、「ルーチェ」と発音し、「光」を意味する。フランス語の《Lumière》だ。とすると、「リュス」＝「光」は、すでに名前そのもののなかに内包されていたわけで、それが作者ロランの意図する

ところでもあった。折しも、陽光に輝く二月のリュクサンブール公園で、ピエールとリュスが初めて言葉をかわす場面を思いだそう。

ふたりは、やさしげに笑いながら、見つめ合った。

「お名前、何ていうの？」

「リュス」

「なんて可愛い、今日のお陽《ひ》さまの光みたいに、可愛い名前だね！」

「で、あなたのお名前は？」

「ピエール……　ずいぶんありふれた名前だけど」

「実直そうな名前よ、正直で澄んだ目を持つ人のね」

「ぼくの目のように」

「澄んでるってことなら、ほんとにそうね、あなたの目はそうよ」

「それは、ぼくの目が、リュスを見つめているからですよ」

「リュス、ですって！……《さん《マドモワゼル》》ぐらい、つけるものですよ」

「ううん」

「ううん、ですって？」

リュクサンブール宮殿
ガラテ（メディシス）の泉水は右側木立の右奥

（ピエールは、かぶりをふった。）

「あなたは、リュスさんなんかじゃありません。あなたはリュス、そしてぼくはピエールです」〔35－36頁〕

ピエールという名前は、イエスの十二使徒のひとりペテロ、——後の聖ペテロ、フランス語でのサン・ピエール（Saint Pierre）、——に由来する。リュスがピエールに、《実直そうな名前よ、正直で澄んだ目を持つ人のね》と言っているのはそれゆえだ。それにたいしピエールは、《なんて可愛い、今日のお陽《ひ》さまの光みたいに》と、リュスを太陽の光に喩《たと》えている。ここに見られるのは、「リュス」＝「光」、「ピエール」＝「ペテロ」の二項関係だ。石井美樹子氏は、『聖母マリアの謎』〔白水社〕のなかで、この太陽の光について、実に興味深い考察を繰り広げている。

ギリシア神話の太陽神はヘリオスですが、この男神は、ローマではソルと呼ばれており、キリスト教が生まれたころのローマ帝国では、多くの民［……］がこの太陽神を崇拝していました。［……］キリスト教はこの〔太陽神との〕戦いに勝つために、異教の太陽神崇拝を排除する道ではなく、それを積極的に取りこんでゆく道を選びます。［……］復活祭の祝日は、［……］実は、異教徒たちが太陽の復活を祝う日でした。［……］太陽をキリストにすりかえたわけですが、それだけでなく神のひとり子（Son）であるキリストを太陽（Sun）と呼び、太陽をキリストの象徴にしてしまいました。それが証拠に、十五、六世紀まで、英語の sun は son ともつづられていました。次は、ケンブリッジ大学図書館所蔵のキャロルの一節で、一四九二年頃の作品です。「太陽の光線（the sone beame）がガラスをとおして入ってゆくように／自愛の母よ／神のひとり子（the son of God）があなたをとおし、御心どおり、人となられた」〔同書六八―七〇頁、傍点筆者〕

先のピエールとリュスの会話の終わり部分《あなたはリュス、そしてぼくはピエールです》は意味深い。マドモワゼルやムッスューをそえて呼び合うような他人行儀な間柄でありたくないというピエールの願望を表現しているだけでなく、リュスは、ピエールにとって、文字どおり救いの光そのものであることを暗示している。そのとき、リュスとピエールの背後に重なるように浮かび上がるのは、イエス・キリストと使徒ペテロの映像だろう。

こう辿ってくると、あの《最後の瞬間》〔58頁〕も、ピエールの最期を意味するだけでなく、深層におけるイエスの死、つまりは、リュスの死を暗示したものだったと言えよう。いやむしろ、ピエールの死よりも、リュスの死の予兆のほうにこそ、作者ロマン・ロランの言外の力点はあったのだ。《リュスにはちゃんと分かっていた、こんな素晴らしいことが長くは続かないだろうということが。でも、リュスの生命《いのち》にしたって、長くは続かないだろうし……》〔83頁〕

＊

教会がさりげなく舞台装置として働いているいまひとつの重要な場面。それは三月も半ばのこと、ピエールとリュスが小さなレストランで質素な食事を終えて外にでたとき、不意に警報が鳴る。しばらく避難所に待機していたが、なにごともなさそうなので、サン・シュルピス教会近くの暗くて狭い通りを選んで、帰路を急ぐ。教会正門前には、辻馬車が一台止まっていて、御者が眠り込んでいた。

サン・シュルピス教会

と、突然、落雷のような音とともに真っ赤な火が走り、瓦とガラスの破片が飛んできた。ピエールとリュスは、一軒の家のくぼみの壁にはりつき、抱き合った。《閃光を浴びたとき、ふたりはおたがいの目に愛と激しい恐怖を見た。》〔92頁〕再び訪れた暗闇のなかで、燃えるような接吻をする。あまりにも《ぴったりと寄り添い、化石のように固まっていたので、我に返ったとき、ふたりとも生まれたときの姿のままで抱擁していたかのように思えた。ふたりは、まるで木の根っこのように、愛する存在を飲み干そうと、しっかり組み、ぴったり合わせていた手と唇を離した。》〔93頁〕法悦のなか、体と体の密着を妨げる衣服は溶け去り、直に肉体に触れているような感触をおぼえただろう。このとき、ふたりは、感覚世界で、精神と肉体の合一を果たしたといえよう。

だが、本当の恐怖はこの直後に来た。数歩離れたところで、辻馬車がこっぱみじんになっていた。血だらけの瀕死の御者が運びだされ、連れ去られた。ピエールとリュスが血だらけの人間を見るのは、このときが二度目。一度目は、最初の出会いをした地下鉄のなか。安息の眠りと隣り合わせた永遠の眠り。愛と背中合わせの残酷な死。『新約聖書』ヨハネ福音書第一二章三五―三六節の記憶が蘇り、ピエールとリュスの束の間の幸福に重なっていく、――《イエスは言われた。「光は、いましばらく、あなたがたの間にある。暗闇に追いつかれないように、光のあるうちに歩きなさい。［……］光の子となるために、光のあるうちに、光を信じなさい」》〔前掲書〕。

ピエールに残された時間は短かった。入隊は目前だったから。ピエールは、おずおずとリュスに結婚を申し込む。

「ぼくは、いつきみのものになるの？」と、ピエールは言った。

（「いつ、きみはぼくのものになるの？」とは、聞きかねた。）

リュスは、そのことに気づき、感動した。

「大好きよ」と、リュスは言った……「もうすぐよ！　でも、せかさないで！　あたしも、あなたと同じくらい望んでるわ！……まだこのままでいましょう、もう少しのあいだ……　それがいいわ！……　今月いっぱい、月末まで！……」

「復活祭まで？……」と、ピエールは言った。

(復活祭は、今年は、三月末日だった)

「そうよ、イエス・キリストが復活した日よ」

「ああ! でも」と、ピエールは言った。「復活の前には、死があるよ」

「しっ!」と言いながら、リュスは自分の口で、ピエールの口をふさいだ。

ふたりは、離れた。

「今夜は、ぼくたちの婚約式だね」と、ピエールは言った。〔93-94頁、傍点筆者〕

何気なく口をついてでたピエールの言葉、《復活祭の前には、死があるよ》に、不吉な予感をおぼえぬ者はいないだろう。イエスがキリストとしてこの世に復活するためには、すでにそれ以前に、——正確に言えば三日前に、——イエス自身が人の手によって、十字架の刑に処せられている必要があった。人類の罪の贖《あがな》いとしての死が。なら、ピエールの言う復活の前の死とは、すでにみたように、「リュス」=「イエス」だったから、リュスの死の暗示にほかならない。事実、小説の末尾、崩壊するサン・ジェルヴェ教会とともに、リュスは太い石柱の下敷きになって死んでいったわけだから。リュスの死とともに、今一度、イエスも死んだのである。

こうして、「リュス」のなかの「イエス・キリスト」のヴィジョンは、いよいよ鮮明になってきた。そのとき、「ピエール」のなかに明白に透けて見えてくるヴィジョンは、使徒ペテロをおいて、ほかにない。つまり、リュスとピエールのあいだには、「リュス」＝「イエス・キリスト」、「ピエール」＝「聖ペテロ」の二項関係が潜んでいることが、明らかになった。

【四】リュスよ、あなたはいったい誰なのですか？

こうして、作中、リュスが放射する神性は、「聖母マリア」の枠組みを超え、「イエス・キリスト」に比される位置につくのを見た。それは、リュスにおける、母性的側面から父性的側面への移行と言ってもいいだろう。

しかし、それにしても「聖母マリア」と「イエス・キリスト」の双方の位置を兼備できるリュスとは、いったい、どのような存在なのだろうか？

作中で、「リュス」は「海の星」(Stella Maris)＝「聖母マリア」に喩《たと》えられていたことから、「リュス」＝「光」における光とは、まずは、星の光だった。夜空に輝くこの星については、石井美樹子氏の前掲書によれば、「北極星」説と「明けの明星」説があるという。それぞれに、例証もあげておられるが、それはいいだろう。今ここで重要なことは、「海の星」＝「明けの明星」という事実である。

なぜなら、「明けの明星」とは、《夜に別れを告げ、地に光をもたらし、朝を迎える星〔……〕太陽の先触れ〔……〕を告げる星》〔同書〕、――つまり、日の出を準備し、太陽の光を告知する「星」、――のことである。ゆえに、「海の星」（聖母マリア）の光から、太陽（イエス・キリスト）の光への移行は、自然界の摂理そのものと言えよう。結果、リュス（光）は、星の光であると同時に、太陽の光、――夜の光であると同時に、昼の光、――「聖母マリア」に比すべき光輝であると同時に、「イエス・キリスト」にも比すべき光輝、――母性（女性）的であると同時に、父性（男性）的、――そうした二面性を表象する神的存在、あるいは神的発現ということになる。

記憶にあるのが、『旧約聖書』創世記の冒頭近くの言葉、《神は言われた。「光あれ」こうして、光があった》〔新共同訳、日本聖書協会〕だ。ただ一般に、旧約・新約を問わず、『聖書』の神は父なる神、つまり男性的存在として考えられがちである。キリスト教が男性原理を基幹としているだけに当然のように思えるが、実態は必ずしもそうではない。たとえば『旧約聖書』イザヤ第六六章一三節には、《母がその子を慰めるように、わたしはあなたたちを慰める。》〔同書〕とあり、創造主が母性のイメージで語られている。初期キリスト教が布教を押し進めていく段階で、それ以前の土着の宗教、――母性原理に立った大地母神信仰、――をも取りこみ、組み入れていかねばならなかったこと、あるいはもっと直截に、神の子イエスをこの世に誕生させるのに、人間の女性マリアの胎《たい》を借りなければならなかったこと等々が、『聖書』にあって、「神」が、しばしば「母性」（女性）のイメージで語られる要因になったという。

石井美樹子氏が指摘されるように、《そもそも神を、それがいかなる国のいかなる神であっても、男と女に区別することが無意味》であり、随所で《「父なる神」を母性原理で語らなければならない、ということが生じる。誤解を恐れず言えば、創造主は、いつの場合も両性具有的本質を備えているということなのかもしれない。とすれば、「神」の発現である「光」もまた同様、母性（女性）的要素と父性（男性）的要素を内在させている、言い換えれば、両性具有の「光」としてまずはあった、と解釈できよう。

こうして見ると、リュスが、星の光（「海の星」）と太陽の光の双方に喩《たと》えられていること、ひいては「リュス」＝「神の光」の等式は、容易に感得できるだろう。つまり、リュスは、作品に登場したその瞬間からその最後（＝最期）まで、全編を通して、「神」の光輝を担いながら、巨大な闇、――内なる苦悩と外なる戦争、――に向き合い戦い前進し続ける存在だった。もちろん、実際の少女リュスに、そんな大それた自覚はまったくなかっただろうが。

＊

以上のことから、「ピエール」と「リュス」の二項関係を、リュスに視座を移行させること《﹅﹅﹅﹅﹅﹅﹅﹅﹅﹅﹅》で見えてきた作品世界では、ピエールとリュスが、対等の関係で主人公ということは、もはやありえない。主人公は「リュス」、――リュスひとりだ。リュスを中心に、――「光」を中心に、――この作品全体は巡り、展開している。

【付記】第二部第三章の執筆にあたっては、石井美樹子著『聖母マリアの謎』（白水社、一九八八年）に、大変御世話になりました。ありがとうございます。

おわりに

『ピエールとリュス』を訳し終えたとき、ジャック・プレヴェール作詞、ジョゼフ・コスマ作曲のシャンソン『愛し合う子供たち』(*Les enfants qui s'aiment*)が、ふと、耳の奥に聞こえてきた。イヴ・モンタンの、あるいはジュリエット・グレコの声で……

愛し合う子供たちが立ったまま抱き合っている、もう夜だというのに
そして通行人たちはふたりを指さしながら通り過ぎて行く
しかし、愛し合う子供たちは誰のことも目に入らない
ただふたりの影だけが夜の闇のなかで震えている
通行人たちの怒りがかき立てられる、
怒りと侮蔑と嘲笑と欲望が
愛し合う子供たちは誰のことも目に入らない

ふたりは、夜の暗闇よりはるかに遠く
昼の明るさよりはるかに高い所にいる
初恋の眩《まばゆ》いばかりの光を浴びて。

ふたりは、夜の暗闇よりはるかに遠く
昼の明るさよりはるかに高い所にいる
初恋の眩《まばゆ》いばかりの光を浴びて。

あとがき

ロマン・ロランの『ピエールとリュス』を、いつか自分でも訳してみたいと思っていました。作者の生誕一五〇年にあたる今年、ようやくその願いがかないました。

この作品には、忘れられない思い出があります。私が、二十代半ばのことです。銀閣寺疏水沿いの財団法人「ロマン・ロラン研究所」の一室で、波多野茂弥先生（当時大阪市立大学教授）を囲む、『ピエールとリュス』の原書輪読会がありました。テキストを前に、皆が力を合わせ、心をひとつに寄せ、正しい読みに、――正しい理解に、――至ろうとする共同作業は、文字どおり「共感」を求めての充実した時間でもありました。後年、大学教員になった私は、あの時の楽しさが、ほんの少しでも若い世代に伝わればと、非力を省みず、演習で取り上げたことがあります。この小さな翻訳は、そうしたすべての思い出への感謝です。

卒論と修論で対象としたロマン・ロランは、生きにくかった私の二十代を、ずいぶん支えてくれました。三十代も、慣性の法則に従って、少しずつ読んではいましたが、ある体験を契機に、関心はサブカルチャーとしてのシャンソン・フランセーズ研究へと移行し、四十歳前後で、ロマン・ロランからすっかり離れてしまいました。古風に言えば、忘恩ですね。ですから、私はロマン・ロランの研究者では決してありません。でも、嫌いになったわけではありません。大きな照り返しと同時に、相応の息苦しさも感じていたほど、私にとって巨大な存在でしたし、「存在」そのものが「真理」でした。

ロマン・ロランの概略を知りたければ、多少の不備を我慢すれば、インターネットが教えてくれる時代ですが、必要なことのみ少々お伝えしましょう。

ロマン・ロランは、一八六六年一月二十九日、フランス中部ブルゴーニュ地方の田舎町クラムシーで生まれ、一九四四年十二月三十日、ヴェズレーで永眠しました。生粋のブルゴーニュ人です。父は公証人で、生来のオプティミスト、母は熱烈なカトリック教徒で、どちらかというとペスィミスト。六歳の時に生まれた二人目の妹マドレーヌは、——最初の妹、同名のマドレーヌは三歳で亡くなりました、——生涯、人間的にも仕事の面でも、ロランを支えました。墓は、遺言に従い、クラムシーから十キロほどのブレーヴにあります。結婚は二度、最初はコレージュ・ドゥ・フランスの古典文献学者・言語学者ミシェル・ブレアルの娘、ユダヤ人のクロティルド・ブレアルと（一八九二年）、二度目はロシア人のマリー・クダシェヴァァと（一九三四年）。

エコル・ノルマル・スュペリゥルで歴史学を専攻し、教授資格取得。母校エコル・ノルマルやソルボンヌで、美術史、ついで音楽史を講義、同時代音楽評論を含めベートーヴェンやヘンデルや……等々の音楽学研究、古代ギリシャ哲学やインド思想の研究、数々の小説・戯曲・伝記執筆……、加えて社会評論、さらには公刊されることをあらかじめ想定して書いた膨大な日記・書簡類と、全体像はきわめて多岐にわたります。一九一六年には、一九一五年度のノーベル文学賞を受賞しました。ロランの作品については、みすず書房から『ロマン・ロラン全集』全四三巻が出ていますので、ほぼ全部を

ロマン・ロラン

邦訳で読むことができます。

詳しい「評伝」としては、二〇一一年にみすず書房から出た、ベルナール・デュシャトレ(Bernard Duchatelet) 著『ロマン・ロラン伝』が秀逸です。デュシャトレ氏は、現在ブレスト大学名誉教授、一部未公刊資料を用いてまで、ロマン・ロランの全貌を、可能な限り客観的に分析しています。そこでは完璧な理想主義者としてのロマン・ロラン像はいったん退けられ、改めて、その弱さ――特に、両大戦間の行動の矛盾と葛藤まで含めた、――人間像を再構築しています。結果、従来よりもいっそう、芸術の人、思索の人、反戦平和に向けての行動の人、そして時に、恋に胸を躍らせ悩む人として、具体的なイメージを抱けるようになりました。フランス文学者、故村上光彦氏の平明な訳文、詳細な訳注には、ただただ敬服するばかりです。

ところで、ロマン・ロランの信仰に関してですが、最晩年、死を間近に感じた頃、マリー夫人の希望やポール・クローデルの説得もあり、カトリックに心を開きはしましたが、最期まで《キリストの神性を認めることを拒んだ》〔前掲書四三〇頁〕ようです。

遺書の一部を引用しておきましょう。

《私はカトリック教の儀式を信仰していないが、遺体をクラムシーのサン・マルタン教会に運び、そこで追悼の祈りをあげることを承認する。もしそれを拒めば、私の親しい誠実な人たちの幾人かに不快な思いをさせ、私にとっていとしい心の持ち主たちの苦しみを増すことになると思われるからである。私はそうしたくない。》

〔みすず書房『ロマン・ロラン全集43』所収、蛯原徳夫訳〕

ロマン・ロランは、しばしば「普遍的存在」を、――それはまた、「普遍的生命」であり、「普遍的真理」であり、「普遍的愛」等々でもありますが、――「神」と呼んでいますから、一種の無神論だったといえるでしょう。無神論だとしても、神秘主義を敏感に感受する気質でしたから、杓子定規に規定すれば、自然汎神論的神秘主義者だったと言えるかもしれません。

さらに、ロマン・ロランの本質を無理にもひとことに要約するなら、「音楽家（ピアニスト）にして音楽学者」だったと思っています。すべての創作活動・社会行動に、音楽の和声を感じるからです。個の生命を尊重しながら、不協和音から協和音を、二律背反の調和を、究極の「ユニテ」（一致調和）を目指し続けた、夢と行動の人でした。

＊

昨年の夏のことですが、脚本家の倉本聰氏の次のような記事が、日本経済新聞朝刊に載りました（文化欄「私の履歴書」二〇一五年八月十四日付）。

水木さん脚本、今井正監督の『また逢う日まで』はつい先日もビデオで見た。二十回を超えただろう。原作はロマン・ロランの反戦小説「ピエールとリュース《ママ》」。岡田英次と久我美子主演の悲恋物語。何度見てもすばらしい。

この映画は、一九五〇年度の作品で、第二四回キネマ旬報ベストテン第一位、第五回毎日映画コンクール・日本映画大賞、第一回ブルーリボン賞（作品賞・監督賞）、第四回日本映画技術賞（中尾駿一郎・平田光治）等を数々受賞した名画だそうです。

ただ、私がこの映画を初めて見たのは、ＤＶＤで発売された直後の頃で、二十一世紀になってからです〔TDV2925D　東宝株式会社、二〇〇四年発売〕。そして今回、この「あとがき」を書くにあたって見直したのが、やっと二回目。倉本聡氏の二十回を超えただろうとは、回数にして、大変な隔たりです。映画が、原作小説の丁寧な翻案・脚色であったとしても、そこに、演出上の解釈が加われば、当然、別物になるでしょう。感動の有り様も、また変わってくると思います。

映画と小説の最大の相違は、恋人ふたりの最期の描き方でしょうか。映画では、田島三郎（岡田英次）が、兄嫁の流産で、小野螢子（久我美子）との約束の時間に、待ち合わせの場所に行けなくなり、結局、待ち続けた小野螢子だけが、爆撃され崩壊した駅の下敷きになって死んでしまいます。三郎は、後悔に苛まれながら、そのまま出征し戦死します。このすれ違いの直接の原因になった兄嫁が、これではまるで疫病神のように感じられてしまいました。本当は、防空訓練で倒れ、流産したゆえの不可抗力でしたのに。こうした結末、――ふたりの死が、別々の時間、別々の場所、――は、ロマン・ロランの意図するところでは、決してなかったと思うのです。

つまり、小説では、ドイツ空軍ゴータ機の爆撃は、ピエールとリュスが教会に一緒にいるときでした。倒壊する巨大な石柱から、たとえ一瞬であろうとも、愛する恋人をわれとわが身で守ろうと、リュスはピエールの上に覆いかぶさります。作品最後の、――それはまた、ふたりの最期の、――構図は、十字架から降ろされたキリストを膝に抱いて嘆く聖母マリア、――「ピエタ」(悲しみの聖母・哀れみの聖母)、――そのもののように思えます。

作品の収斂した先が、このように「ピエタ」を指し示すものなら、全編に通底する感情も、やはり「悲しみ」であり「哀れみ」であると言っていいでしょう。それゆえ、どこか夢見がちな、この可憐な小説は、結末は悲劇でも、まずは純粋に恋愛小説です。厭戦気分は、背景として色濃く漂っているでしょうが、反戦小説では決してありません。

＊

ともあれ、作品は作者の手から離れた瞬間に、独り歩きします。なのに、ロマン・ロランの作品の場合、常にと言っていいくらい、作品がロランの人生と重ねて論じられます。間違ってはいないでしょうが、この度は、そうした立場を離れ、私自身の読後感として、誰に憚ることもなく自由に語ってみました。それが、第二部「『ピエールとリュス』を読む」です。感想文と言われても、仕方ありません。読者の皆様のご寛恕を請うのみです。

＊

この翻訳にあたっては、多くの方の力をお借りしました。この場を借りて、厚く御礼申し上げます。

なかでも、同窓の親しい先輩、仏文学者の大竹仁子さんには、言葉に尽くせないほどお世話になりました。フランス語の難解な部分の相談に乗っていただいただけでなく、内容のすべてにわたって、懇切なご助言を賜りました。

また、小説のなかのラテン語につきましては、神戸大学大学院国際文化学研究科の元同僚山澤孝至さん（西洋古典文学専門）に、逐一、詳しくご教示いただきました。

大竹仁子さん、山澤孝至さんのお力添えがなければ、この翻訳は完成しなかったでしょう。心より感謝いたしております。

なお、テキストとしては、一九五八年刊の《Romain Rolland: *Pierre et Luce*, Editions Albin Michel, 1958, Paris》を用いましたが、同出版社の一九五〇年のもの（ガブリエル・ブロの版画挿絵付）と比べましたところ、両版のあいだには、改行等で若干の相違が見られました。理由は不明です。訳出するにあたっては、訳者の判断で適宜対処しました。

また、作品理解の一助のために挿入しましたパリ市の部分略地図は、現在、フランスのミシュラン（Michelin）からでているPlan de Paris（パリ市地図）を元に、さらに、リュクサンブール公園略図は、邦訳の「ミシュラン・グリーンガイド（パリ編）」〔実業之日本社〕を元に作成したものです。『ピエールとリュス』の時代背景が、ほぼ一世紀前の一九一八年一月三十日から三月二十九日にかけてのものだけに、何度も躊躇しましたが、ただ、主人公たちの舞台が、パリ郊外を除けば、パリ一区、四区、五区、六区にかぎられており、しかも、作品に関係する主要な建造物、通り、橋、公園等々の名称・位置関係は、当時も今も変わってはいないように思われましたので、あえて掲載することにしました。但し、私が確認できたのは、科学書院が一九九七年に出版した『パリ歴史地図集成 1180-1981』第三巻所収の一九一六年のパリ市古地図（全図、及び各区の区分地図）ですが……。また、写真数葉は、もちろん、現在のものです。

最後に、出版への道筋をつけてくださった鳥影社社長の百瀬精一氏、丁寧な校正をしていただいた編集部の矢島由理氏にも、御礼申し上げます。

二〇一六年七月吉日　古稀の年に

古都奈良の一隅にて

三木原　浩史

〈訳者紹介〉

三木原　浩史（みきはら　ひろし）

1947年　神戸市生まれ。
1971年　京都大学文学部フランス語学フランス文学科卒業。
1977年　京都大学大学院文学研究科博士課程
（フランス語学フランス文学専攻）中退。
経　歴　大阪教育大学教育学部助教授、
神戸大学大学院国際文化学研究科教授を経て、
現在は、神戸大学名誉教授。シャンソン研究会顧問。
浜松シャンソンコンクール（フランス大使館後援）審査委員長。
専　門　フランス文学・フランス文化論（特に、シャンソン・フランセーズ研究）。
著　書『シャンソンの四季』（彩流社、1994年、2005年改訂増補版）
『シャンソンはそよ風のように』（彩流社、1996年）
『フランス学を学ぶ人のために』（共著、世界思想社、1998年）
『パリ旅物語』（彩流社、2002年）
『シャンソンのエチュード』（彩流社、2005年、2016年改訂版）
『シャンソンのメロドラマ』（彩流社、2008年）
『シャンソンの風景』（彩流社、2012年）
論　考　ロマン・ロラン、シャンソン・フランセーズ、オペラ等に関するもの。
訳　書　みすず書房『ロマン・ロラン全集』
第13巻所収「ニオベ」
第19巻所収「演劇について」（共訳）

ピエールとリュス

定価（本体1600円+税）

乱丁・落丁はお取り替えします。

2016年 9月10日初版第1刷印刷
2016年 9月16日初版第1刷発行
著　者　ロマン・ロラン
訳　者　三木原　浩史
発行者　百瀬精一
発行所　鳥影社 (www.choeisha.com)
〒160-0023 東京都新宿区西新宿3-5-12トーカン新宿7F
電話 03(5948)6470, FAX 03(5948)6471
〒392-0012 長野県諏訪市四賀229-1(本社・編集室)
電話 050(3532)0474, FAX 0266(58)6771
印刷・製本　モリモト印刷・高地製本

ISBN978-4-86265-577-6 C0097